中央社區

朱國珍　著

目錄

（推薦序）

孤獨的魔法

國珍：

才讀完長篇小說《三天》，沒想到你竟又要出版另一本長篇小說《中央社區》。印象中你離開文學創作很多年了，現在又熱情地書寫，值得鼓掌。

這兩部長篇首先讓我想到的是希臘悲劇揭櫫的時間處理，《三天》採集中型的敘述辦法，將情節發展壓縮至三天，服膺亞里士多德《詩學》裡的美學原則；《中央社區》則採延展型的敘述手段，隨著時間序列依次推展。場所（location）則剛好相反，《三天》遊走於許多場所；《中央社區》的事件則集中在中央社區發生。

愛情是文學藝術作品永恆的主題，《中央社區》就是一部好看而美麗的戀愛故事，戀人之一是空中小姐，另一個是公車司機；都從事交通服務業，都將乘客送到他們要去的地方。交通也是一種隱喻，交通寂寞的心靈，將人們渡到目的地。

我覺得你的小說布局架構能力強，顯示經過紮實的戲劇訓練。整部小說以他／她的獨白發展，兩個敘述者皆爲行爲者，他，是中央社區的原住民，公車司機，網球國手；她，是中央社區的新住民，空中小姐，飽受情感和債務的折磨，力爭上游。

你從事過的工作包括空姐、電視主播、演員等等，無一不要求姿態優雅，我猜想長期的職業訓練，也優雅化了你的小說語言。也許因爲如此，敘述者的「她」比「他」在角色刻畫上更靈動活潑。

除了愛情的鋪排發展得很自然，我也很欣賞你對親情，身世的描寫，諸如父女感情、返鄉探親等橋段都相當迷人，我讀了忍不住欲淚。

起初，我覺得女主角太愛掉書袋了，獨白中常出現文學、哲學書單和部分內容；後來發覺是你故意的，那正是描寫孤獨的有力元素。一個嗜書的空姐，在飽嘗人生風霜之後，極度缺乏安全感，搭公車總是「坐到右側倒數第二排的位子」，自然以書爲避風港，尚友古人，和不會傷害自己的古人對話。她斷言：

「我要嫁給圖書館／日期暫訂在冬至／永夜的北極圈有／消失的冰帽／北極熊乖乖／明天就要睡水床／不冬眠也要有夢境。」掉書袋美化了她的性格，深化了她的孤獨感，宛如在表演一場孤獨的魔法。

小說的孤獨感頻率（frequency）甚高，頻率是熱奈特（Gérard Genette）提出的術語，指素材（fabula）中的事件與故事中的事件的數量關係；這裡面牽涉著重複（repetition）現象。所謂重複，指顯示出相似性的不同事件，或事件的不同陳述。當一個事件僅僅發生一次，卻多次被描述時，稱之爲眞正的重複。有時，視角（perspective）的變化，也可以證明對於重複需要的合理性：事件可以是同一個，但每個行爲者都以自己的方式來看待。

他和她輪番上場獨白，不斷轉換視角，推動情節發展，逐漸深化行爲者性格，有效流暢了敘述。例如以下幾段她的獨白：

——我的生活，就像是一個被地心引力黏住的太空人。

——我很孤獨，飛行世界各地卻沒有一個真正的朋友，機艙中堆砌的笑容是我的專業，對客人噓寒問暖處處使用敬語「請、謝謝、對不起」是植入大腦的語言晶片。機艙中最快樂的片刻是越過換日線之後客人紛紛熟睡，只有在那個時候我才能證明自己的高度，海拔三萬英呎，比任何一座山都還要高，靜默的飛行，夜無垠，沒有風浪，偶見星星與月亮，地球在腳底，我離它這麼遠卻終究要回去。

——西式的超級市場明亮整潔夏天又有冷氣，但是人與人之間就像是蔬果區陳列架上包裹了層層密封保潔膜的商品，乾淨而疏離。

——我的眼淚也不是為了自己而流，也許，只是為了孤獨的緣故。

——我害怕開口以後對方把我的真心當惡意；我害怕並肩走過這一段路之後仍然要獨自面對的孤寂；我害怕那人享受暫時的安逸會竊取我唯一的寧靜；我害怕與陌生人共處，因為相遇之後還是會變得陌生，這是我對人生課本的眉批。

我完全贊成Roland Barthes對敘事作品的結構分析，不同於此十九世紀盛行的從作者來研討作品的思路，也不同於新批評強調作品字詞表達特性的方法；他從作品的普遍結構上，來分析敘事作品的基本要素，然後在這個基礎上從事文學批評。Roland Barthes強調「作者」與「敘述者」的區別：在作品中說話的人不是在現實中從事寫作的人，而寫作者的角色也不同於他在實際生活中的角色。

雖則如此，我還是八卦地約略知道一些你的生活經歷。容格學派認為，生命不免有陰影，陰影是成長過程中因恐懼被拋棄、拒絕，而壓抑到潛意識的一切，是內在的另一個自我，自覺難堪的我，是一種負面人格。陰影和亮光不斷移動變化；陰影中隱藏著許多能量，如憤怒、嫉妒，這些能量若有效轉化，則負面能變成正面。

在《中央社區》，我看見某種負面能量的轉化，積極轉化為正面能量，自生命的低潮中昂揚奮起，一種自我療傷的決心和意志。我滿心歡喜知道你發現出路，釋放創作才華。

焦桐

二〇一三年十二月十二日

（推薦序）

流變

傅月庵

電腦，精確地說，網路時代裡，一切皆模糊（Blur），跨界（Crossover）成了家常便飯。最明顯的例子，手機，你到底該說它是電話？照相機？收音機？錄音機？傳眞機？……都是或都不是呢？

文學也是這樣。散文／小說界線正在消融之中；純文學、大眾文學的區隔，漸漸無人提及。昔日，讀者乃不確定的存在。你知道有，卻說不出在哪裡？他們幾近無聲無息；如今，讀者在哪裡？人人找得到方向。小說才發表，如其網路眾聲喧譁，討論轉載分享滿滿，那就容易中的，否則即難說了。「文學沒有純與不純，沒有大眾與少數，只有好小說與壞小說。」日本作家山本周五郎的名句，此時更顯眞意。

小說是一種需要。需要因人而異，張三的美食或即李四的毒藥。十五歲愛不釋手的，到了二十歲卻翻臉不要了。就普通讀者而言，閱讀是一種既主觀又流變的行爲。「水性楊花」或即最大樂趣所在。從作者端來看，寫作講究「獨抒」，說明了其主觀性；「別出」則點出了「流變」，不僅要與他人有所區別，今日之我還得不惜與昨日之我戰，要不，「格套」出來，就容易掉進「窠臼」裡去了。一般言情小說，所以爲人詬病，絕非因其不好看，而在於「千人一面」，看十本等於看一本，看前面幾乎就知後面了。「變不是一件容易的事，然而不變即是死亡。」詩人楊牧曾如此自述創作心跡。

從《夜夜要喝長島冰茶的女人》裡，流連夜店尋覓一夜情，而將人文精神、自由主義、跨國企業、統獨／國族身分，一一顚覆解構，放言從「基層幹起」的浪女（？）亞維儂，到以兒子最後的《三天》時間，拉扯出生命流轉難追，有口難言的家庭傷痕，在泥淖裡掙扎前進的傷心母親。朱國珍的小說，總有其高蹈的企圖，期望藉由小說來闡述、說明某些意念。意念先行，敘事在後追趕，一個不小心，「鑿痕」便現。這或是她謙稱「一直認爲自己書寫底子不夠厚」，實則未必的原因所在吧。

從這個角度來看，《中央社區》眞有所變。全書看不到多少明顯意念，僅僅是話分雙線，一路講故事。講一個社區裡，兩個年輕人相識相戀的故事。要說這是「地方書寫」亦無不可，更多的成分卻讓人想起了：偶。像。劇。——爲了照顧父親，放棄職業網球生涯的高帥社區巴士司機；母嫁父死，爲了等待離家出走的妹妹歸來而苦守老家，因此被債務逼得幾乎喘不過氣來的哲學系高材生空姐，兩人相逢於台北市郊，一處仍有山有水有草木鳥獸的公教社區。邂逅極浪漫，相戀也很夢幻，整體而言，視爲言情小說亦不爲過。

只是，就算言情，小說也自有高下之分。

此書故事架構，一如久寫的愛情故事，無非「我來，我看，我愛」，誠難見新意。眞正扣人心弦，引發共鳴的，也不在這愛情的結局（看完前兩章，誰不知道故事要怎麼走!?）而是透過細膩、近身描寫，把中央社區的自然生態、地景建物、四時變化、日常生活、人情流淌，直寫得歷歷在目，讓人充分感受到台北在地之美。一種「落地生根」的感覺，自然湧現。呼應到男女主角的身分（外省第二代），以及兩人所經歷的變故傷痛，遂成就了更遼闊的歷史背景，讓言情並不止於言情，反而原本曖昧難說的「身分認同」，有了一種依歸。「台北新故鄉」不言而自成了。

甚且，如從歷史的脈絡反照回這一故事，則解嚴以來，台北的自由奔放，台灣的集體解放，同樣歷歷在目。昔日需要連續幾年考績優等，始得以繳款承購，幾近公家宿舍的公教社區，如今風格自成，而都成了尋常百姓人家。解嚴之後長成的一代，亦自有其獨立思考，無視世俗眼光，勇敢愛其所當愛，承擔其所該承擔，「落地生根」之後，果然也就「傳家有據」了。

創作像一棵樹，必須成長，始能茁壯；人也像一棵樹，必須落地，始能生根。《中央社區》書裡書外，我們看到了落地、生根、成長、茁壯。那是一種變，飽含喜悅的流變，正在時空之中緩緩前行。

（本文作者爲茉莉二手書店書物總監）

一、遙遠

一之一：他

R55公車緩緩開下山，經過前總統李登輝與知名歌星費玉清居住的高級別墅翠山莊，到至善路旁的雙溪別墅區，經過遊覽車很多的故宮博物院，通過自強隧道，再行經大直，繞到海軍眷村改建，樓高十層，外觀氣派的電梯華廈社區力行新村，慢慢地行駛到大直捷運站。

公司規定我們行車的速度是每小時四十公里，超過這個時速，會有一個測速器作記錄，每個月總公司統一檢查所有的紀錄之後，會做出獎懲。

其實不用公司規定，我自己就是個不愛開快車的人，從大崙尾山慢慢開到市區，一路上風景優美，綠樹滿蔭。這是我從小生長的地方，每一棵樹，每一個轉彎，每一棟樓，哪裡住著我的同學，哪裡住著爸爸的老同事，哪裡住著躲在山上搞創作的藝術家，我都清清楚楚。我喜歡一邊開車一邊看風景，偶爾會看到紫嘯鶇從我車前飛過。

這種全身覆蓋著濃紫藍色，隱約散發一點金屬光澤的大鳥，是山上最會叫我起床的鳥類。牠們發出的聲音很長，是單一音節「嘰——，嘰——」的叫聲，常常持續好幾秒，早晨想賴床，牠在窗外叫個不停，根本就無法繼續睡下去。有一次我車子煞車出現問題，開往山下的途中突然緊急煞車，發出了一陣類似紫嘯鶇的叫聲，把我嚇了一跳。我擔心的原因絕大多數來自於乘客的安全，另一方面是因爲煞車聲與紫嘯鶇的叫聲太類似了，我不由自主地恐懼著我是不是壓到了一隻跌倒在路面上的紫嘯鶇。那時候我完全忘記了，如果是我疏於保養我的車子而導致意外發生，我是會被處罰的。

我是一個公車司機，從事這個工作只有三年多的時間，之前我也做過其他的工作，但是現在我最喜歡這個工作，上下班很固定，收入也不錯，每天還可以看風景。

直到一年前，我行經大直捷運站的時候，經常載到一個女生，改變了我的人生風景。

她總是拖著一個行李箱，坐到右側倒數第二排的位子。這種公車的設計跟我小時候搭乘的公車不太一樣，以前年輕時，我們總是躲在車子最後一排交換各種刊物、電動玩具、遊戲卡，或一個人沉思亂想，也不會害怕司機先生看到我們在幹嘛。可是現在新式的公車，最後一排的座位反而是異軍突起，高高地懸掛在車子的最末端，像是監視著司機的一舉一動。

那女生聰明地選擇了倒數第二排，與前方座位同樣高度的椅子，她一溜煙鑽進座位裡，我從照後鏡完全看不到她的任何舉動，只能看到她的腦頂門，那一撮烏亮的黑髮。

而我只能從車上傳來的鹽酥雞或滷味的香氣，判斷她可能躲在後面吃東西。公車就像捷運一樣，會貼有幾張警告意味強烈的圖片，特別是在杯子與蘋果的圖案中，斜斜畫上一個禁止的標誌。其實你如果仔細看旁邊的中文解說，上面並不是寫著「禁止」，而是建議乘客「請」不要這麼做。

我有時候很想跟她說，吃東西沒有關係，只要記得把垃圾帶下車。但是她動作迅速確實，匆匆忙忙地提著行李箱上車，到了大崙尾山站又提著行李箱飛奔下車，我還來不及張開嘴，她已經消失在視線裡。

她搭車的時間不太一定，有時候是清晨，有時候是深夜。夏天的時候把一頭長髮束成馬尾綁在腦後，冬天則是披頭散髮。我爲什麼這麼印象深刻，因爲有次夜裡車子即將開到終點站，我從照後鏡看車上已經空無一人，正想著回程還車之後就下班，鬆了一口氣後，突然間，耳邊傳來轟轟轟急速奔跑的聲音，照後鏡剎那間閃出一個黑色的身影。這時車子剛好停靠在站牌旁，我回頭看了一眼，她可能是在眼睛周圍畫了妝，但是不知道發生什麼事，突然散黑一圈，彷彿熊貓的眼睛般，暈著兩坨黑色的絨毛，而形成巨大的黑眼圈；她的朱色口紅，竟然印到了臉頰上，隱約看得出是個零碎的唇型，而引人發噱。那一頭長髮，也不知道是被什麼東西絞過，前後左右不均，有些髮絲亂糟糟地黏在額頭，更多的頭髮糾纏在肩膀上，卡在她披掛的圍巾裡，亂成一團。

如果不是因爲我載過她好幾次，知道有這個人物的存在，在那個接近子夜即將下班，空無一人的車上，突然出現一個這樣的怪物，我會以爲遇到了鬼。

她說了一聲謝謝之後，拖著行李箱下車，然後往山下的方向一直走，一直走。我很納悶她爲什麼還要往反方向的地方去？但是這不關我的事，只把她當作一個很奇怪的乘客，很奇妙的載客經驗。

直到，那次她在公車上睡著了，到了終點站都沒醒。

我們開完最後一趟車程回來，還車之前，按照慣例都會檢查一下車輛，查看有沒有人遺失物品，順便將垃圾丟下去。

她就睡在倒數第二排的雙人座椅裡，行李箱卡在旁邊，她蜷縮身軀彎著雙膝倒在椅子上，雙腿架在行李箱上面，睡得很熟。我非常納悶這種姿勢怎麼可能睡得著？但是她就是這樣睡給我看。

「小姐！小姐！」我叫她。

我終於知道那天晚上她爲什麼會變成鬼，她的臉底下墊著自己的膠質皮包，沾到了口紅，因爲移動的關係，皮包上的口紅又轉印到了她的臉頰。當然，那一頭亂髮也是同樣的原因。只是黑眼圈我就不明白了，熟睡中的她，雖然塗上了濃密的眼影色彩與假睫毛，但是並沒有脫落或變形。我猜想，那天她可能哭過了，才會把美美的妝哭壞了。

「小姐！小姐！請妳醒醒。」我說。

她突然張開眼睛，像蚱蜢一樣跳起，跟我說了「對不起」，急忙拖著行李箱，直奔前門刷悠遊卡下車。

我是鬼嗎？否則她爲什麼要這麼緊張。

我簽了下班卡，騎上我的摩托車準備回家。如果我排正常的日班，跑完十趟路程之後大約是傍晚六、七點，父親會等我回家吃晚飯；如果排夜班，父親也會等我回家才熄燈睡覺。今天已經很晚了，我不能再耽誤時間，戴上安全帽後，立刻發動引擎，邁向回家的路。

結果，我在中央社區第九十六棟的公寓前面，距離她剛才下車的站牌有兩個公車站距離之遙的地方，發現她拖著行李箱，繼續往山下的方向行走。她雖然動作輕盈，卻也有點小跑步的急促，好像在趕時間。

我再也按捺不住好奇心，騎車經過她身旁時，脫下安全帽問她：「小姐，我是剛才叫醒妳的公車駕駛，妳剛才不是在總站下車嗎？為什麼還要繼續往山下走？」

她看了我一眼，確認我是個熟面孔，靦腆地回答我：「我……我……坐過站了。」

這個答案太令我訝異了。因為過去半年多來，幾乎我載到她的時候，她都是在大崙尾山的終點站下車，我一直以為她就住在那附近，只是還需要走一點路才能回到家。

那麼妳住在哪一站呢？我忍不住好奇問她這個問題。

她回答我「明溪街」。

這個答案如果是一般人聽到了，可能覺得沒有什麼了不起，反正都是在外雙溪，反正都是在中央社區裡。但是對於我這個從小在山上長大的小孩來說，山路九彎十八拐，社區範圍的最高山頂有海拔三百一十四公尺，隔了五個公車站，高度落差就將近一百公尺。而她要拖著行李，繼續走三個公車站才能到達目的地。

「所以妳經常坐過站？」我問她。

——她揪著嘴，尷尬地一笑。

——如果妳不嫌棄，我騎摩托車載妳回家吧。

異。

——眞的嗎？

——反正我也住那附近。

她豪爽地坐上我的機車後座，行李箱則塞進座椅前方，讓我騎車的姿勢有點詭異。

她說：「我一年前才搬到中央社區，對公車路線不熟，常常坐過站。我又不想花時間重新等下一班公車，乾脆自己走回家。」

我則是告訴她，我從小在中央社區長大，對這裡的一草一木，都非常熟悉。如果她住得更久，會愈來愈喜歡這個環境。

「我現在就已經很喜歡了。」她說，「我喜歡這裡的鳥叫聲。我剛搬來的時候，每天聽到窗外有人大聲叫著：『麥怡光』，連續半個小時叫個不停。我本來以為是山上的小學生，來到我家樓下找朋友，只是他好可憐，叫了半個多鐘頭都沒人理，沒人回應。可是他常常來叫，而且是正常上學的時候來叫，我覺得好奇怪，有一天打開窗戶探頭望，一個人影也沒有。那時候，我才察覺到，那應該是鳥叫聲。」

「那是一種鸜鵒，牠的聲音很奇特，才會讓妳誤以爲是人在叫。」

「你眞的很了解這個地方。」

那當然，我一輩子沒有離開過這裡，這裡是我的故鄉。

「你是台灣人嗎？」

我不是正港台灣人，我是外省第二代。妳呢？

「我也是。外省第二代。」

那眞好，我們是同鄉。

她不說話了，我猜她可能不喜歡跟我做同鄉。

車子騎到了明溪街口，她說不用送她進巷子裡，她可以自己走回家。

「謝謝你。我常常搭到你的車，好奇怪每次只要搭上你開的車，我都很容易睡著。起先我以爲是我剛從國外回來，有時差的緣故，可是今天我飛香港班，也睡成一塌糊塗，不知道究竟是我太累了，還是你的開車技術太好了。」

我知道了，原來她是空中小姐。我跟她說，可能是她太累了，要好好保重身體。

「其實我羨慕你的工作。我常常在搭公車的時候想著，爲什麼你可以，每天行駛的路線，都會看到這麼美麗的風景。雖然我與你同樣從事交通服務業，但是我的工作範圍就是一個密閉的機艙，沒有風，沒有樹，當然也沒有花，還要忍受時差的煎熬。」

她有巴黎鐵塔、紐約帝國大廈、羅馬競技場、倫敦摩天輪、舊金山的優聖美地國家公園。她去過的地方，有些我這輩子可能都不再有機會去，只能從電視上或畫冊裡神遊。其實我也羨慕她，但是我不好意思講。

我看她對自己的工作彷彿心事重重，便建議她，有空的時候，我可以帶她認識環境，一起到山上走走。雙溪山區因爲高度不是很高，呈現的植物林相多半屬於亞熱帶闊葉林生態，有很多的榕樹、楠樹、或樟樹。但是在山頂，受到東北季風迎風面的影響，則會看到暖溫帶闊葉林的景象，像是小葉赤楠、大頭茶、大明橘林等植物。如果不喜歡登高望遠，雙溪低地溪谷又是另一番風景，那兒比較多熱帶植物，像是水同木、雀榕等等。

她笑了一笑。彷彿聽到這些豐沛的植物景觀，已經滋潤了她的生活。

「我眞的會請你做導遊喔。」她說。

我跟她笑了笑。

「謝謝你……。你知道嗎，我剛從大陸探親回來，心情很沮喪。聽到你對山上的各種面貌如數家珍，這麼珍惜你身邊的一草一木，才覺得有些遙遠的事情就是屬於遙遠，並不是屬於永遠。」

她好像有點在稱讚我，讓我很開心。但是最後一句話太有哲理，什麼遙遠的事情屬於遙遠而不是永遠。我每天開車經過一段漫長的距離，離開家又回到家，再度離開家繞了一圈又回到家，時間在不斷的重複盤旋中消逝，而我慶幸的是我終究還是會回到家。因此遙遠對我來說就是永遠，因為再遠都會回到哺育我的家鄉。

「我回家囉！很高興認識你。」她說話的神情讓我感覺有點熟悉，當時我意會不過來，後來才想到，那就像是每天放學的時候，會搭車跟我寒暄幾句的小學生般的純眞自然。

可是她畢竟不是小學生，瘦弱的身軀拖著厚重的行李，行步艱難，她的背影彷彿是拾荒老婦，孤獨地走回藏身之處。我突然想起了我的姊姊，很年輕的時候就意外死亡的姊姊，年輕到我來不及記住她所有的語言與笑容，僅記住我有過一個姊姊。如果時間能夠重來，讓我的姊姊不會因為大人的疏忽而意外喪身，那麼我現在就會有一個可以談天說地的手足，也許她會經常嘲笑我，或者跟我搶東西，但是我還是有一個姊姊，感覺超甜蜜。

縱然現在思考這些已經完全沒有意義，因為時間不會重來。

一之二：她

我這一生，只見過我姊姊三次面，可是我爲她流的眼淚，比我親妹妹還多。

打從我懂事開始，爸爸就告訴我，我還有一個姊姊，當年在大陸逃難的時候，來不及帶她出來，他離開家的時候，姊姊只有七歲；爸爸說，等到反攻大陸的那一天，他會帶我回老家去，就算姊姊與我是同父異母所生，見著她的時候，也得親口喊她一聲「姊姊」。

姊姊！姊姊！這個名字在我的心裡，已經吶喊了一千遍。即使她是另一個媽媽生的又如何？我的親生媽媽，在我們十幾歲時絕然改嫁，曾經臍帶相連如今見面都要預約時間的親生母親，與只有一半血緣卻終日想像依望的姊姊，親情的距離，也不會更遙遠。姊姊！姊姊！我多麼希望有一個姊姊能照顧我，跟我說話，帶著我長大；我可以卸下長女的包袱，不必凡事在妹妹面前做榜樣，因爲我有個姊姊，她更懂事，更孝順，更聽爸爸的話。我一直幻想那一天，當我見到我的姊姊的時候，我一定要跟她說，好多好多，只有姊妹才會掏心掏肺的話。

只是，當我眞正親眼見到姊姊的時候，她已經五十九歲了。

在那之前，是通信。一開始，所有寫到大陸的信件，都要透過美國的朋友幫我們轉寄，一來一往，通常要一個月的時間。那時候，我常常看到爸爸收到信時，臉上透露著期待與哀傷的表情。爸爸看完信之後，會叫我再看一遍，我接過那張薄薄的信紙，一字一句用深藍色粗黑簽字筆寫著簡體字的端正字跡，卻都是由姊夫寫的，信中不外乎陳述家鄉歲收，天氣概況，家人健康，與問候我們平安，學業進步，孝順父母，努力讀書之類的。我問爸爸，姊姊爲什麼不寫信？爸爸沉默了一會兒說：「她可能不會寫。」

那時候，爸爸還能親手提筆回信給姊姊、姊夫，但總還是要我另外再自己署名寫一封，表示誠意。十幾歲的我心浮氣躁，經常隨便寫一封日記體般的文字應付，心裡嘀咕著，這種事都不會要求妹妹做，都是我，這個台灣的「姊姊」必須概括承受。幾年之後，爸爸老了，老得沒力氣寫信，開始由我代筆，那時，兩岸也開始直接通郵，對岸的地址是「河南省登封縣告城鎮告城村西南街」。

一個沒有門牌號碼的地方，與我們保持著固定聯絡，每一次的信件內容都差不多，孩子們長大了，收成好了，天氣變了，家人都平安，希望你們能保重身體，期待團圓的那一天。

團圓的那一天終於到了，卻是爸爸挺著六十九歲的身軀，獨自去大陸探親。回來之後，也帶來了姊姊的近照，將近五十歲的姊姊，和爸爸眞像個複製品，只是性別與頭髮的長度不同；同樣是厚實圓滿的身軀，方正的臉龐，姊姊留著齊平耳下的直髮，微笑著，頭髮銀白，臉龐歷盡滄桑。

我的姊姊……。

即使後來電話可以接通了，她也是不太說話。爸爸說，因爲她害羞。姊姊不擅長說話，卻是務農高手，姊夫在中學作教員，家事全靠姊姊操勞，舉凡下田、煮飯、挑井水、運煤炭、照顧孩子，全靠姊姊一個人撐著。

「她手腳勤快，做事俐落，是個好孩子。只可惜，她四歲時死了親娘，七歲沒了父親，十歲的時候，照顧她的奶奶也走了，後來投靠四叔家，寄人籬下，十七歲嫁給姊夫，一輩子都在辛苦。」爸爸每次說到這兒，總是噙著淚接上一句：「我這輩子，最虧欠的就是妳姊姊。」

姊姊生了四個孩子，最小的一個兒子，兩歲時連續發了五天高燒，撿回一條命後，成了癲癇症患者，姊姊不離不棄，親手撫養他成年，這孩子就這麼整天跟著她，有時遇到街坊鄰居欺負姊姊，身材高大的他往旁邊一站，怒目以視，似乎幫她討回了一點正義。這兒子長得好看，卻也薄命，三十幾歲就過世，不到一年，姊姊積勞成疾，中風之後，從此行動不便，更失去了說話能力。

之後，父親動了一場大手術，心裡明白，日子可能不多了，唯一的遺憾，是不能落葉歸根，也無法再見著那虧欠了一輩子的親生女兒。於是，我們克服萬難辦了探親簽證，讓姊姊與姊夫從大陸來到台灣，與爸爸做最後一次團圓。

我終於在香港機場，第一次親眼見到姊姊。那年她五十九歲，被姊夫用輪椅推出來，重新染黑的頭髮讓她看起來精神奕奕，身上穿著爸爸上次去大陸時送給她的花棉襖。見到我的時候她笑著，眼角卻流下了眼淚；我那時自以爲能成熟從容地應付這種陌生的場面，沒想到，兩行眼淚還是不由自主地從我的臉龐滑過。我把他們從香港接到了台灣，距離前兩次返鄉探親到現在，經過十年，我的父親，與他的女兒，我的姊姊，終於再度重逢，然而我們心裡都有數，這很可能是最後一次。

那次團圓之後，過了三年，八十三歲的父親，在睡眠中辭世。也不過一個星期前，我慣常在休假時回家陪伴他，那次他特別叮嚀我：「孩子，當那一天來臨的時候，你要記得，把我的一顆牙齒帶回老家去，跟爺爺奶奶埋在一起。」我瞪著他，心想，又來了，怎麼最近每次見面，都要提後事？他交代完之後，沉默了幾分鐘，也許有半個小時，也許只是因爲電視節目的廣告太長，讓我在毫無心理準備之下，他悠悠說出口：「我這一生，最對不起的就是妳姊姊，恐怕是沒辦法彌補了，如果有下輩子，我最希望的就是盡到一個作父親的責任，好好照顧她。我這麼說，希望妳不要介意，妳們都是我的女兒，但是妳比妳姊姊幸福，妳有爸爸，她什麼都沒有，這是我最虧欠她的地方。」

父親過世之後，我依照他的遺願，帶著那顆恆齒，第一次踏上家鄉的土地。過去我一直以爲時間很多，總有一天會有空陪爸爸返鄉探親，而任意蹉跎機會，直到無法挽回；這一次，沒有任何藉口，我終於回到了讓我父親一生縈繞心頭的家鄉，那兒是祖籍朱溝村，那兒是夏日遮蔭的大槐樹，那兒是產量豐盛的大棗樹，還有在山洞裡挖鑿的窯，冬暖夏涼。我父親編織的家鄉之夢，豐饒富庶，我在夢中，彷彿也見過不下百次，直到，我親眼目睹了那用黃土與磚塊建造的瓦屋，那用煤炭生火煮飯的灶，那一桶桶用人力走上十分鐘所挑回的井水，那爲了省電費而永遠不插插頭的冰箱。我才知道，爸爸爲什麼要說我很幸福，因爲我的姊姊，這一輩子，都在這樣的環境裡，無父無母，艱辛地活著。

姊姊特別穿上我在台北買給她的桃紅色菱格紋針織棉衣，等著我們到來。這次相聚，是在父親剛過世三個多月後，我握著她長滿粗繭的手，坐在她身旁，問一聲姊姊好嗎？她的宿疾讓她無法言語，只能看著我笑，我再問她：「姊夫待妳好嗎？」她的眼淚就流出來了。這麼多年來，姊姊行動不便，全靠姊夫照顧，爲她更衣、煮飯，還要把屎把尿。曾經這些照顧家計的事都是她一個人做，如今，她卻是動也不能動了。

我看著姊夫乾瘦的身影，與簡陋的牆壁，房子裡就是兩張木板床，一張書桌，一個電視機，還有一張破爛的沙發椅；兩個燈泡，是室內唯一的照明，彷彿要等待天亮，才會有光。

姊夫問：「妹妹，爸爸走了，妳們的日子怎麼過？需不需要錢？我現在退休了，每個月有月退俸，給妳姊姊買藥還有剩，如果缺錢，我可以提供一些幫助。」

這時候才想起，二十多年來，我們通信的內容雖然都是家常小事，可姊姊與姊夫，從來沒有因爲生活窮困，而開口跟我們要過錢，甚至到這個地步，他們還擔心我這失怙的妹妹，需不需要幫助。

我的姊姊……。

我從小就夢想擁有的姊姊，第二次見到她時已經六十二歲，白髮蒼蒼，不能言語，我跟她說話，她專心聽著，偶爾用笑容回應我，大多數時間是點頭或搖頭，但我知道她一直在看我，她在看我跟爸爸長得像不像嗎？她也跟我一樣，曾經幻想著有個可以說心事、互相陪伴的姊妹嗎？我跟她只有一半的血緣，可是因爲爸爸，我們的生命始終連結在一起。爸爸第一次返鄉探親，姊姊託他帶回一對玉鐲子送給我做禮物；姊姊與姊夫親自來台北那一趟，也特別準備了一個純金戒指送給我。而我，除了在路邊攤敷衍地買了十幾條圍巾當作禮物之外，還嫌玉鐲子跟金戒指老土。

姊姊不能說話，但她會笑會流眼淚，那代表什麼意思呢？多年來，都由姊夫代筆寫信給我們，姊夫能解讀她的心事嗎？每次的信件，重複著鼓勵我要好好活下去，努力上進，做個成功的人，爲他們盡到孝順父親母親的責任，這也是姊姊的心意嗎？父親過世之後，姊夫的信件裡，改爲希望我們能繼續孝敬母親，照顧母親。對於一個這輩子只見過一次面的後娘，姊姊的寬容，更顯得我是個任性的妹妹。我那不能言語的姊姊，即使病了，還是堅強地活著，她是爲著什麼？是爲了一份牽掛？還是那個情分？有生之年，如果她還能站起來，還能病癒，她願不願意跟我說出眞心話？願意告訴我，她沉默了這麼多年，是爲著什麼而堅強地活下去？

返鄉之後，我答應他們二〇〇八年北京奧運的時候要回來，卻又食言了。過了兩年，等到兩岸都直航了，還是沒辦法回去，以前是沒空，後來是沒錢，這樣的理由也不敢明講，心裡想著，總之等存夠了錢，總有一天會再回去看姊姊。但是那個總有一天，總是在最不經意的時候到來。起先是七十歲的姊夫病倒了，他因爲腦溢血住進醫院，救回來之後留在院裡復健，兩個月之後才回到家，那時，姊姊的眼神開始變得落魄，沒有語言的臉龐更形黯淡，彷彿支持著她的那股能量漸漸消失了。時序進入冬季之後，姊夫又住進了一次醫院，這次，姊姊也倒下了。

電話裡，他們只是說姊姊不太吃東西，愈來愈消瘦，其他就是老樣子，不要太擔心。我想，姊姊生病也不是一天兩天的事，過去因爲太胖而不方便活動，現在體重減輕，應該是好轉的跡象吧！直到除夕早晨，姊夫按照慣例，打電話來拜年，語焉不詳地轉述，說姊姊不行了。我剛開始聽不太清楚，濃重的鄉音讓我們的對話經常變得像猜謎，失去耐性時更容易簡化所有的問題，抗拒電話那一頭隱約傳來的焦慮。掛了電話之後，我沉靜思索剛才姊夫在電話裡到底想說的重點是什麼？愈想愈覺得不妥，轉身立刻又打了電話去大陸詳細詢問，姊夫依舊安慰我說是老樣子，只是姊姊瘦得很厲害，完全不吃東西，他們也不知道怎麼辦。

掛上電話後，我到了爸爸的靈骨塔前祭祖，香爐火旺，餘煙繚繞，我一個人在父親的遺照面前，面對著供桌上的水餃、燒雞和滷蛋，心裡頭禁不住一陣酸楚，今晚又是獨處的除夕夜，自父親過世後即不斷重複的孤寂。思量半晌，決定回去大陸探望姊姊，我天眞地以爲，姊姊就算是病重，也會像從前父親在八十歲高齡時，進行心臟手術、下肢動脈硬化手術一樣，只要有我們陪伴，都能勇敢地挺過去，堅強地活下來。

訂了三月八號出發的機票，卻在啓程前兩天，接到家鄉來的電話，說姊姊走了，跟父親一樣，在睡夢中去世。沒想到要返鄉看姊姊最後一眼，竟變成回去送她最後一程。我本來以爲可以在她的病榻前，再一次握著她的手，仔細地看她，究竟我們倆是誰像父親多一點？我也決定要誠實地告訴她，自從爸爸死了以後，這些年來我的日子過得並不好，可是我也挺過來了，雖然人們都說時間最無情，可時間卻也是最能治癒憂傷的良藥，我用了八年的光陰，走出生命的谷底，這是我從來不敢寫在信上的祕密。

《楚辭》裡面有句話說：「悲莫悲兮生別離。」過去我總以爲，「生別離」就像是送行的人與遠行的人，在車站裡揮手道再見，兩個人雖然各自有旅程終點，但總是會有再相見的一天。現在我才明白，生別離中遠行的人，其實是去到了我的肉身所不能去的地方，留下送行者，在人世間獨自啃噬被拋棄的悲哀，活著的心靈，終日反覆思索著逝去的親情，爲什麼，我這一生想要做的事總是來不及？

姊姊火化入土之後的當晚，我夢見她。起先是我那件雪白的羽絨大衣，覆蓋在她的水晶壓克力棺木上。我始終沒有見到姊姊最後一面，他們說，姊姊最後瘦成皮包骨，完全變了樣，還是不要看，看了難過。我聽從長輩的指示，卻執著於肉身的樣貌，我的姊姊，那個圓圓胖胖的姊姊，怎麼可能改變？因此，在夢裡，我懷著惶恐與敬畏的心理，掀開雪白羽絨衣，卻依然是那座完整的壓克力水晶棺，姊姊躺在裡面，從頭到腳被綠色繡花被單覆蓋著，我依然沒見著她的容貌。我說：「姊姊，我來了，卻來不及見妳最後一面……。」從遙遠的地方，傳來姊姊的聲音，輕輕地用濃重的鄉音說著：「別看吧！看了莫啥意思。」我繼續說：「我好想跟妳說話，我們姊妹倆，這輩子，都沒時間好好聊個天，說些心裡話……。」姊姊的聲音，平靜地傳遞著：「現在，我們也可以好好聊聊……。」隔著透明的棺木，與看不見的身軀，我和姊姊，在夢中，終於認真地聊上了一回。她的形體，她的聲音，她的樣貌，究竟是什麼已經不重要了，只有一種安詳的感覺。她的心裡有我，才會回來看我，就像她從前活著的時候一樣，靜靜地聆聽我說話，這一次，她也許已經超越肢體的障礙，可以自在地回應我，告訴我這些年來，她是如何堅強地活下去，是憑著什麼樣的意志力，在迍邅勞苦的人世間，默默地存在。

天亮了，姊姊眞的離開了。我從夢中清醒，一切都這麼眞實，卻再也摸不著，見不到。我望著窗外，幾株冬日裡的白楊樹，孤悍地挺立在寒風中，華北平原的冷空氣，一波接著一波拂向窗台，陽光從晨霧中穿透，融進我的血液，是我一生中遙遠的姊姊，最近的距離。

二、姊妹

二之一：他

有時候我開車的時候會唱歌。

雖然說車窗外的風景一路綠樹成蔭，山巒重疊，尤其在夏天時熾熱的陽光任意揮灑，穿透層層樹梢與亂轟轟的枝葉，點點滴滴像金色鵝卵石窟窿窟窿奔流而下，讓我的眼睛一會兒亮一會兒陰，直到越過了外雙溪橋，才是正常的大道路，不再有樹影婆娑，騷動我的視線。即使如此，我還是喜歡這座山，我喜歡攝氏三十三度C的高溫，照耀著野草與大樹綠地隱隱微薰著芬多精，整座山都是我的小香爐，這是沒有人知道的祕密。

唱歌也是。我在心裡面默默地唱著，從流行歌曲唱到西洋老歌。當然我常常會中斷我的歡唱點將家，因爲公司規定，即使在電腦語音播報站名之後，駕駛還是必須在抵達每個站牌時以麥克風大聲廣播，用人嘴說出：「下一站，劍南橋。」之類的工作項目。通常我廣播完了以後，會忘記我的歌唱到哪兒；同樣的，我也常常因爲太專心唱歌，而忘記廣播。直到經過故宮博物院，眼看就要穿越自強隧道，抵達下一個終點站，才恍然大悟，原來我已經開下山，進入市區了。

我的公車路線所經過的唯一市區，是大直。過去R55還沒有更名之前，曾經有長達二十多年的時間是以213公車編號行駛這條路線。當時，一個小時只有一班公車，從中央社區往返大直，離峰時間間距更長，九十分鐘才有一班公車；反而是前往士林的R98公車非常頻繁。因爲要到士林加油的關係，我一天會開一次R98公車路線，這班公車的間距平均十五分鐘，幾乎等於山上專屬的排班計程車。

爲什麼去士林的班車與人數，都會比去大直的多？這個疑惑從我小學的時候就存在了，卻始終沒有解答。後來我才揣摩出一個道理，在很久很久以前，也就是大家很喜歡說的古早年代，西區比東區發達，再加上中央社區的公務人員屬性，工作的行政機關都在台北車站附近，因此從士林轉乘其他大衆交通工具比較方便，熱點集中。至於大直，如果不是因爲文湖線捷運的開通，它始終是個基隆河旁邊的小城鎮，一九六一年興建的大直橋還是水泥搭建的，直到二〇〇二年才全新改造爲我們現在所看到造型新穎的釣竿式斜張橋型，因應明水路匝道與高級住宅區的完工，這條橋上穿梭的盡是高級名貴轎車。

R55從來沒有機會經過大直橋。通過自強隧道之後，會沿著北安路一直走，繼續前往通北街的「力行新村」與「圓山新城」，繞一圈之後返回。我們常常將通北街的兩個社區，簡稱爲「通北社區」。「中央社區」與「通北社區」是兩個同質性很高的區域，這個相同點就是老人家很多，全台北市大概再也找不到像R55這樣連結兩個老社區的愛心公車。我們在中央社區搭載著老人家下山去大直買菜，在大直接送買好菜的老人家回到通北社區。老人家很可愛，除了常常與我閒話家常，還會送我東西，像是各種口味的麵包，香蕉、芭樂或柳丁。在選舉期間也有人送我總統候選人的毛巾或幸運符。當然按照公司規定我們不能夠接受乘客的餽贈，但是開車的人卡在那個小小的駕駛座上，專注緊握著方向盤，實在沒有多餘的手去推卻老人家的禮物，而且他們常常是熱心地將食物放在我腳邊就下車了，即使我鬆開安全帶，拉上手剎車，爬出駕駛座，拿起塑膠袋，再追下車去歸還，臨停在路邊久久不動的大型公車可能會讓人以爲是拋錨，司機又急急忙忙衝下車去追人的畫面可能更讓人誤會是不是社會新聞的幹架要發生。

所以我只好被動接受所有的禮物，帶回總站與其他同事分享。印象最深的一次是一位老太太贈送的蘋果，她說：「每天一粒蘋果可以幫助你遠離醫生。」說完之後就把那一粒蘋果放在駕駛座右方，刷卡機背後的平台上。我還記得當時她下車的地方是「外雙溪橋」，經過這一站之後，就要右轉開始爬山。那顆蘋果，在車子爬坡的時候自然滾了下來，一路從車頭滾到車尾，來來回回滾了十幾遍。當時車上只剩下兩位乘客，一個是穿著迷你裙的外籍勞工，推著菜籃車，我猜她應該是剛剛下山去買菜，山路九彎十八拐她要照顧自己買的菜都來不及當然不可能彎腰去幫我撿蘋果；另一位是拄著拐杖坐在博愛座的老先生，他的聽力非常好，因爲從蘋果開始落地滾動之後他的眼睛就直直盯著這顆咕溜溜的蘋果瞧，如果不是因爲他行動不方便，也許會願意與四十公里的時速競賽施展耳聰目明的好身手去救援這顆正在有氧運動的水果。

蘋果降臨的那一天，我正在唱〈蘭花草〉。

這是一首有點年代的老民歌，因爲我的麻吉好友大熊重新po在臉書上，帶領我回到了某種懷舊的時光。主唱者是一位叫做銀霞的女歌星，據說她在一九七〇年代曾經紅極一時，就像現在的蔡依林這麼紅（然而網路上說她是「玉女」，穿著不性感也不願意跳舞）。不管她是誰，〈蘭花草〉在youtube上也有很多人翻唱，就連男歌星張雨生、劉文正都唱過。無論他們唱得如何，或是男歌星與女歌星的詮釋有什麼差異，我倒是很喜歡這首歌的輕快旋律，還有歌詞的意境，尤其是那一句：我從山中來。

我從山中來，帶著蘭花草。種在小園中，希望花開早。一日看三回，看得花時過，蘭花卻依然，苞也無一個。

大熊說這就是大愛。我以為人生的大愛要在死後捐出大體，給醫學院學生摘掉器官泡福馬林研究細胞組織或是捐出完美視力的眼角膜；但是大熊卻是這樣解釋的：當你愛一個人的時候就會希望他比你過得更好，就像是從山上摘回一株蘭花草，即使你用盡心力澆水灌溉又灑肥料它還是不開花，不以一朵燦爛繽紛的美色回饋你，但你還是要繼續澆水灌溉又施肥讓它活下去，這就是大愛。

有時候我覺得大熊很會鬼扯，他卻將想像力都歸因於師大國文系畢業的專業素養。他說現在大家都在用臉書，包括學生們都依賴臉書做為與人溝通的重要工具，因此同時身兼國文教師與班導師的他，也不能免俗的大量使用臉書。原本只是關心（或窺視）學生們的八卦動態，沒想到自己愈玩愈上癮，現在不但每天在臉書上創作古典詩詞與勵志文章，還會連結一些自己愛聽的歌曲，期待虛擬世界中出現知音，能夠雅韻共欣賞，千里共嬋娟。只是我每次看他連結的音樂都只有十根手指頭以下的數字按讚，忍不住感覺有點淒涼，這種回應遠不如他在生活要事中將家人與感情關係來來回回從「單身」、「結束一段感情」、更改爲「一言難盡」所受到的排山倒海的按讚數目來得令人注目。

因爲缺少共鳴，讓「我從山中來，帶著蘭花草」這兩句話顯得更孤單，吟唱者更寂寞。喔！這種多愁善感的文字不是我的程度可以寫出來的，這也是大熊在臉書上不甘示弱再度連結〈蘭花草〉的時候，所附注的眉批。當然，這一次，按讚的人更少了。

這次只剩下不到五根手指頭的按讚數目，我是其中之一。誰叫我倆是從小學到現在的死黨，這首歌與我們的童年緊緊捆綁在一起，那時候常常在小學校園的團康活動中聽到大哥哥大姊姊們彈吉他唱這首歌，同時喃喃自語講述著讓我們一知半解的愛情故事。當時年紀小的我們什麼都聽不懂，只模糊意識到蘭花草的稀有，不但稀有而且珍貴，更重要的是這種似蘭若草的植物在歌詞裡面還很不容易種活呢！因此我們幾個哥們兒決定發揮史懷哲精神（後來才發現史懷哲是醫生不是植物學家），相約去山上探險尋找蘭花草。當時沒有自然生態這門學問也沒有網路知識這麼便利的搜尋引擎，小蘿蔔頭更沒有事先到圖書館做好行前的植物學目錄調查，便魯莽地衝到山裡頭各自尋找心目中的蘭花草。

那是春天剛要來臨，寒假即將結束的二月份，略顯無力的東北季風從料峭抖擻的山壁間吹過，吹得每個人興致盎然，也寒毛直豎。因爲太冷，我猜大家心裡頭幾度都浮現了想要放棄的念頭，連振翅高飛的保育類動物藍鵲鳥都無暇一顧，只想低頭尋找蘭花草，一旦看到任何彩色繽紛的葉瓣都忍不住大喊：「找到了！找到了！」

「那是鳳仙花！白癡。」

農曆春節前幾天突然的高溫，讓山頂上幾株桃紅色的櫻花提早綻放，老師說過這是山櫻花，原產於大陸華南地區與台灣的品種，是顏色最深的櫻花，又稱做緋寒櫻或山櫻桃，也是春天最早開的櫻花。我們幾個人就蹲在山櫻花下放鞭炮，那時候私家車少，沒什麼人會在過年期間來到外雙溪的山上賞寒冬，偶爾有幾個不怕冷的登山客徒步走上山，我們就暫停轟炸行動，等到他們前進到安全範圍才繼續放鞭炮。其中有幾個同學聽過爺爺奶奶或外公外婆敘述過的戰爭場面：「就像是鞭炮放個不停，連房子都會震垮。」於是我們將鞭炮放個不停，卻是連一朵櫻花都沒有受到影響，兀自盛開在樹梢上，只有在風吹過的時候，群花彷彿許多迷路在樹枝上的小蝴蝶飛舞振翅般搖搖欲墜，可抖了一陣子之後，依然牢牢地固定在樹幹上，完全不受影響。

所以戰爭並沒有那麼可怕，如果敵人的武器像小學生的鞭炮。

我們始終沒有找到蘭花草，那天的探險之旅在最後一道陽光隱沒於大屯山頭之後自動結束，從此再也沒有人吟唱〈蘭花草〉，直到二十年後它在臉書上重新出現。

那天我心裡的OS正在唱著〈蘭花草〉，這一班下午兩點開出的公車通常乘客不多，早晨第一波高峰是趕著去上班上學的人潮，接著是早起的老先生老太太或家庭主婦，因爲他們都喜歡在八、九點出門買菜。中午則是與人相約在市區碰面的自由工作者或退休大叔大嬸出門聚餐的好時光，下午兩點之後到四點之間，是客人最少的一段期間，雖然不至於空車來回，但是有時整趟眞的載不到小貓兩三隻。所以我終於能夠把一首歌唱完了，正當我輕聲哼到「朝朝頻顧惜，夜夜不相忘」時，突然看到那個女生在「北安公寓」這一站揮手，準備上車。

這是我第一次見著沒有攜帶行李箱，也沒有畫濃妝，更沒有睡著的她。她穿著輕便的T恤牛仔褲，甚至手裡還拎著一杯珍珠奶茶，像中學生一樣嘟嘴咀嚼著吸管從後門輕步上車，像是某種慣性或是上癮症患者，她一溜煙迅速滑行到倒數第二排的老座位，整個人便隱沒在靠窗的位置，再也看不到她的面容。

看到清醒又活生生的她，在白天出現，我雖然不至於誇張到內心出現一隻小鹿亂跳的程度，但是不可否認確實有一點驚喜。那天晚上她就坐在我的摩托車後座，輕盈得像是一根沒有重量的羽毛，隨時都可能飄走。總是坐到目的地以外的地方，總是拖著滾輪行李箱，總是採取某種像是要遠行的姿態，她彷彿浮在空氣中，可以是鬼是仙是妖精就是不太像個人。

而她今天只是拿著一杯珍珠奶茶。

我好像聽到了喝完以後意猶未盡用力吸吮空吸管與空杯子裡迴盪的空氣音。

她很可愛。

如果我姊姊還活著，應該也會是那樣的個性吧！而且我姊姊應該會記住我的班表，特別等待搭乘我這班公車載她回家。我們可能會在公車上有說有笑，這時候坐在第一排的阿公阿嬤應該也會適時插上幾句話，然後用親切的台語或是外省腔調的口音讚嘆著：「你們姊弟倆的感情眞好啊！」

下一站：衛理女中。

我也幻想過我姊姊會不會考上這所女子高中，跟那群十七歲的女生一樣，穿著整齊的制服，集體住校，只有在週末才能回家，雖然我們家就在山坡上，就算是平常放學後走路都可以在天黑之前走到家。在我很小的時候坐公車經過衛理女中，我都會不由自主的猜想那一個身影最像我姊姊，她會不會一邊走路一邊看書？或是帶著眼鏡凝望著一班接一班經過的公車？她穿的裙子應該會過膝，畢竟我們來自一個保守的公務人員家庭。不過她應該很會跟同學嬉鬧，因爲她曾經是個人見人愛的小天使。

然而我的少女姊姊從來沒有眞實的存在過，在我們家裡，姊姊始終是個禁忌的話題，所有關於她的青春想像都是我編織出來的，正如同我曾經幻想有一天我也可以成爲台灣的羅傑・費德勒一樣。費德勒是一九八一年出生的，那一年，是民國七十年，我姊姊只有三歲大，剛剛學會小跑步，她是父母親的掌上明珠，我母親經常帶著她在山上散步，鄰居見著了都會來捏捏她的小臉蛋，姊姊總是甜美的笑著，腮幫子立即湧現山櫻花般的緋紅笑靨。她很早就會說話，一點也不怕生，用三歲女孩的童音問候所有的長輩：「爺爺，走路要小心啊！」「奶奶，您好漂亮啊！」「阿姨，這朵花送給妳！」鄰居們都說我姊姊眞聰明啊，小小年紀嘴巴就這麼甜，長大一定會嫁個好男人，一輩子衣食無虞，榮華富貴。

我姊姊的一輩子，只有三年。

那年的冬天一點都不冷，卻沒有人提醒聖嬰現象的來臨，世界會開始轉變。整個一月都籠罩在早春的嫵媚陽光裡，學期即將結束，大家都想辦一場熱鬧的告別聚會，不約而同地選擇到外雙溪來烤肉。外雙溪一向是個好脾氣的山水景點，從七星山麓緩緩流下的溪水，除了颱風暴雨期間被迫咆哮山林，其餘百分之九十的時間可以說終年平靜；山上的樹木，即使颱風曾經吹散它的枝葉，折斷它的莖幹，雨過天晴之後也會重新成長，恢復成原來的樣貌。一切都是這麼安謐，就像我父親每日在清晨七點二十分搭乘行政院的交通車準時下山去上班，母親帶著姊姊料理完家事之後在山徑漫步，她們應該會唱幾首歌，母親也會帶著姊姊認識野生的扶桑花，試著舔吮花蜜，再把花莖黏在鼻子上，化身皮諾丘。

民國七十年的冬天一點都不冷，而且陽光普照，讓春天成為了幻覺，時序彷彿進入火熱的夏季；所以大家都想親近水，才會有這麼多學校決定在二十三號那一天到雙溪來烤肉，從楓林橋到劍南橋，沿著群樹環繞的潺潺雙溪，在大小石頭與壺穴、風化的地質岩間，遍布著來自北市高中、國中與各地的遊客，同時有七百多人在溪谷裡烤肉聚餐，賞玩曲水。在那個星期五的下午，我母親帶著姊姊，剛剛吃飽中餐，母女倆漫步到外雙溪橋，巧遇了在橋下嬉戲的年輕學生們，這些青春正豔的大哥哥大姐姐，在我那尚且是獨生女的姊姊心目中，應該是非常有趣的超級大玩偶吧！我能想像我那年輕的母親，如何開懷地帶著姊姊步下了橋墩，親近水，親近年紀小一些的與她們同樣天真無邪的新朋友。

冬季的溪水平靜而秀麗，連續多日的晴天讓水量明顯減緩，午後的太陽正烈，照耀著水紋閃爍晶光點點，像是成群的螢火蟲膽敢在白天出沒，或是不怕水的仙女棒執意在液面波光上燃燒，溪谷裡滿是人群，好熱鬧的雙溪，仿若一場山中嘉年華會，學生們開懷暢言，大口吃著烤肉，喝著碳酸飲料，處處是歡笑，讓每一張臉都成爲小天使，純眞而愉悅。

我姊姊想必也把她小小柔嫩的腳丫子，伸進溪裡探試著水溫，午後兩點，經過陽光曝曬了一上午的山泉水溫度略略提高，不會那麼冰涼；我幾乎見著了我姊姊的笑容，兩靨的緋紅再現，她應該會撒嬌著說：「媽媽，好舒服喔，一起來玩吧！」我母親也會回應她一個親切的笑容，不出聲也不拒絕；母親這一生始終是個不多話的人，她只會緊緊握住姊姊的手，深怕她意外跌落於水裡。

而意外還是發生了。兩點十分，突如其來的大洪水幾可比擬爲海嘯的姿態從上游洶湧嚎啕而來，先是從上游傳來了人們的驚呼，接著是尖叫，大水來的太突然，彷彿是從天而降的毀滅，在那一瞬間，沒有人來得及反應，我姊姊小小的手指頭刹那間從母親的手中溜滑走，母親拚了命奔撲到水裡用盡身軀所有的力量試圖游到姊姊的身邊，渴望重新抓住她在潮浪中揮舞的小手臂，但大水像巨獸毫不留情地吞噬了所有的獵物，我那見了人就笑的姊姊，還來不及回應洪水的殘酷，就消逝在波濤之中，淹沒了她所有的純潔與美麗，埋葬了她三歲生命中始終相信的人間眞與善。

我母親撞到一顆大石頭之後昏迷漂流到下游岸邊，她沒有死，但是比死更痛苦。即使兩年之後又生了我，我卻再也沒看過她臉上的笑容。

當我明白了雙溪曾經帶給我的父母親多麼深沉的哀慟之後，有一段期間，我用盡各種理由拒絕下山。中央社區的孩子幾乎都念山上的雙溪國小，那年頭也不時興補習，所有必須熟背的功課都在課堂裡教授完備，一年到頭除了過農曆年要買新衣服，或假日慰勞自己下山去餐館吃飯或看場電影，小孩子生活中的食衣住行幾乎不必越過外雙溪橋就能滿足。直到我念了國中，學校就位在雙溪旁，我必須每天面對這條小河流，在某一堂國文課裡讀到〈赤壁賦〉：「客亦知夫水與月乎？逝者如斯，而未嘗往也。盈虛者如彼，而卒莫消長也。」那一刻，我才明白有些事是永遠存在的；流水不會因為我的哭泣而停止，月亮不會因為我的傷痛而滅亡，我要活下去就必須訓練自己看到月圓，讓殘蝕變成遙遠。人生就像搭公車，有起點也有終點，過程就是不斷往前走，即使繞了一圈還是要回到出發點，也是為了下一次的出發作準備。

下一站：明溪街。

她按了下車鈴，神色從容地從車廂後座緩緩走到車頭刷卡的位置。我以為她會主動跟我打招呼，畢竟我們曾經有過好幾次的照面，而且還面對面說過話。但是她卻在說了一聲「謝謝」之後輕快地下車，完全忘記了我這個人。

她忘記了我，就像鴿子掉落羽毛一樣的容易。可我卻讓這根羽毛掉落在屬於我的公車駕駛座裡，它不會像蘋果一樣滾來滾去，卻在我的心裡鬼魅般地飄來飄去。

二之二：她

我不知道我要往哪裡去。

日復一日，依賴著班表過日子，命運是航空公司派遣中心的輸入程式，決定我下一個月會在哪些地方與哪些人相遇。來來往往，相聚又分離，我的生命好像電視連續劇，只是沒有收視率，一個人的演出，一個人的歡喜，一個人的悲哀，一個人的記憶。叔本華說：「孤獨是卓越心靈的命運。」那是哲學家的魔法，將生命中所有的寂寥都說得詩情畫意，查拉圖斯特拉如是說，宇宙就要完蛋了，因爲並不是每一個人都如同尼采一樣天賦異稟，但是很多人像他一樣在四十五歲死去；我執意認爲尼采的生命結束在四十五歲精神崩潰的那一年，而不是肉體瓦解大腦放棄意志力的西元一九〇〇。他爲何如此聰明？他爲何如此憂鬱？他在生命中的最後十年應該是生不如死，可憐發瘋的他甚至不知道自己儼然成爲會呼吸的屍體，這是對一個聰明絕頂的哲學家最大的懲罰，曾經衆人皆醉，我獨醒；混濁的滄浪之水，永遠不能用來洗纓。

我也不知道我從哪裡來。

家是一個提供安心睡眠的屋頂，沒有窗也沒關係，但至少要有門，讓我走進去，放下行李，換下千里跋涉的衣物，雙腳親近土地，不再是高空三萬英呎的漂浮，游移在只比太空人矮一點的宇宙。太空人很了不起，但是他們遺世而獨立；我們在客艙中至少還有四百個客人陪伴，他們在太空裡只有星塵與液體食物，連睡眠都經常站立。太空是人類足跡所能行經最寂寞的地方，地球上的南極至少還有企鵝、海豹、鯨魚、信天翁、磷蝦；北極有狐狸、燕鷗、馴鹿、麝牛、北極熊；就算到了世界上最高的喜馬拉雅山珠穆朗瑪峰，也會偶遇攻頂的人類登山愛好者；最深的馬里亞納海溝，在一九六〇年由瑞士著名探險家雅克．皮卡爾與美國海軍中尉沃爾使用深水探測器，成功下潛到海底一萬零九百一十六公尺，看到了三十釐米長度樣貌像海參的歐鰈魚。

地球上任何一個地方都會出現動植物，將近七十億的人口數目在地心引力的加持下，牢牢地盤固在一起，很難不相遇。只有太空，杳渺無人跡，除非是訓練有素的太空科學家（登上太空至少經過十八個月的訓練還得體格強壯能夠撐起一百二十公斤的太空衣）；或者是錢多到花不完的億萬富翁（一次太空旅行的費用是兩千萬美金，相當於六億新台幣）；要不然，浩瀚宇宙之中還能遇到誰？除了異形！

電影異形中最經典的台詞：「在太空，沒有人會聽到你的喊叫。」這就是舉世無敵天下第一的寂寞。

我的生活，就像是一個被地心引力黏住的太空人。

一百二十公斤的壓力不是來自太空衣，而是生命本身的重量！除了上班可以免費吃到需要咀嚼的飛機食物，平常三餐都以燕麥牛奶加上五穀粉裹腹，跟太空人的流質食品相同；我經常坐著睡覺，尤其是來往歐美的長程班機，輪休四個小時在組員休息室裡我只要躺到那張自從波音七四七出廠之後從來沒有消毒清洗過的臥舖，馬上被跳蚤咬到全身像是起了急性蕁麻疹。我很孤獨，飛行世界各地卻沒有一個眞正的朋友，機艙中堆砌的笑容是我的專業，對客人噓寒問暖處處使用敬語「請、謝謝、對不起」是植入大腦的語言晶片。機艙中最快樂的片刻是越過換日線之後客人紛紛熟睡，只有在那個時候我才能證明自己的高度，海拔三萬英呎，比任何一座山都還要高，靜默的飛行，夜無垠，沒有風浪，偶見星星與月亮，地球在腳底，我離它這麼遠卻終究要回去。

我是一個害羞的空姐。

因爲不知道自己要往哪裡去，也不知道自己從哪裡來，於是選擇了一個有班表的工作，讓航行成爲宿命。人類的自由意志太渺小，尼采倡導了一輩子，自己到最後還是發瘋了。哲學家跟小說家最相同的一點，就是意念先驅，思想舞躍於凡人未曾探索的高妙境界，他們誠摯書寫他們相信的眞理，但這份眞理卻不一定眞正存在，或者連信徒都稀奇。於是盍各言爾志啊！盍各言爾志！還是孔老夫子想得開，他老人家這輩子只親筆寫過一本《春秋》史書，但是眞正讓他流芳百世名揚四海影響中國哲學兩千五百年的卻是《論語》。

老者安之，朋友信之，少者懷之。

人生不過就是如此吧！即使是一個迷路又害羞的空姐也會想擁有的小小願望：老人都受到很好的照顧，朋友都能講信用，小孩子有教養。有時候我會覺得我中儒家的毒太深，我總是用「子曰」的方式對待生命中的橫逆與背叛、傷害；可是那些橫逆、背叛與傷害卻不是這樣對待我的。而我卻也窩囊地告訴自己：「不患人之不己知，患不知人也」。

因爲要懂得反省，總是以沉默代替抗辯，反覆思考著是不是自己瞎了眼，或是不夠聰明到分辨僞君子與眞小人，就算我以科學精神作出了條列式分析，還是找不到「舛」的原因在哪裡。久而久之，竟然連知不知也無所謂了。

好比中央社區的那棟老房子，到最後誰才是它眞正的主人？連我都迷糊了。

那一年父親剛考上高考，分發到中央圖書館，需要搬到台北來居住，他的好朋友透露消息，台北有個專門興建給公務員住的房舍，叫作中央社區，價格很便宜，可以考慮；但是，唯一的條件是必須連續三年考績甲等的中央級單位公務員，才有資格申請。我的父親才剛剛成爲一個正式的公務員，第一年的考績都還沒有著落。這位長輩熱心慷慨地說：沒關係，我們是好兄弟，我先以我的名義幫你買一戶，你負責繳錢，也可以搬進來住，等到能夠過戶的時候，我就還給你，也算是幫你一個忙。

父親感激不盡，每個月按時從薪水中匯款給他的好朋友，「買」下這棟房子；但是他的好朋友，卻遲遲沒有過戶。

母親爲了這件事情跟父親吵了無數次，身爲台南市雜貨店的商人之女，母親有著天生錙銖必較的精算本領，尤其是房子這種大事情，怎麼可能付了錢卻讓別人合法的擁有？而父親總是溫和地安撫著母親，依然對好友充滿感恩之情，他的理由是，至少住在這棟房子裡的人，是付錢的人。

我常常好奇我的父母親之間有沒有眞正的愛情。一個台灣古都市中心雜貨店老闆的女兒，喜歡上了常常來買東西的外省阿兵哥，這個阿兵哥的鄉音很重，但是相貌英挺，又很有禮貌，雖然不太多話，和雜貨店年輕的女老闆之間除了買賣問候沒有多餘的語言，但是漸漸也發現她總是會多秤一些斤斤兩兩的東西給他，每次他去買麵粉白米總是比其他人大包許多，就連啤酒都會多一瓶。任性的雜貨店小公主漸漸演變出一種非阿兵哥不嫁的態勢，鬧了幾場小革命，直到阿兵哥爭氣地考上高考，分發到台北工作，這才讓準岳父岳母歡天喜地的辦了一場婚禮，將女兒託付給外省來的讀書人。

雖說是到了台北首善之都，沒想到落腳處卻是前不著村後不搭店的清僻山間。從小在雜貨店裡進進出出的小公主，從眼耳鼻舌身意到血液裡流著的都是作生意的天賦，最擅長與人交際，一下子到了只有蟲鳴鳥叫的荒山上，她著實悶著慌，就算是三年之內連續生了兩個小孩，也沒增加她的成就感。房子不在一樓，無奈連想要作點小生意的基地都沒有，再加上始終見不到摸不著那張唯一能夠安慰她的實體房地契，她乾脆沒事就回娘家解悶，沒想到愈回去愈習慣，還是老家讓她舒服又自在。因為這樣的安逸，使得她當初那股非阿兵哥不嫁的氣勢也消弭了，兩個小孩跟著她，就在台南有阿公阿嬤一起照顧的娘家長住不走。

父親每個周末專程來台南團聚，他依然不多話，最喜歡拿四書五經給我看，要不然就模仿小時候教育過他的私塾老師，逐字逐句將「子曰」嘩啦嘩啦唸給我聽，命令我背誦。這些書裡面我最喜歡《世說新語》還有《笑林廣記》，都是短短的小文章，即使一知半解也還能夠朦朧地瞭解故事中的意義，因為很朦朧，愈能激發自己的想像力，像是一個糾纏的毛線團，找不到毛線的起頭，自然也找不到毛線的末尾，但是想著只要拿一把剪刀，卡嚓一聲剪斷任何一個地方，就會是一個新的開始，與新的結束。我每次都想這麼做，不只是針對我母親用來打毛衣的眞實毛線團，還有對書裡面所有文章的重新建構。可我卻懦弱得從來沒有在眞實生活中嘗試，就連那些奇怪的想法也從來沒有說出口。我猜說了也不會有人懂，更不會有人想聽；我父親總是教忠教孝沒有教過幽默，我母親只有看著銀行存摺簿時才會有笑容。

這樣也過了十幾年，直到我母親決定改嫁給眞正的生意人，對方拒絕拖油瓶，我和妹妹被送回到台北給父親。他默默承受這一切，彷彿早已經未卜先知這種爺兒仨的命運終究會來臨。

而妹妹卻承襲著母親的直率與任性，向所有的生活模式宣戰。她每天都不快樂，那種焦慮與愁苦非常明顯，就像太陽每朝必定日出人類就算是戴上墨鏡或安全帽都無法假裝看不見的明白明顯。她心情好的時候開口大罵，心情不好就變成啞巴視障，連我迎面走過，都可以冷漠忽視沒有看見我，彷彿我是風。如果我是風，那也罷，至少詩人願意以整生的愛，點燃一盞燈，如果我妹妹願意是火，就隨時有可能詩意的熄滅，因爲風的緣故！

可她這把火，不但沒有因風而熄滅，反而愈燒愈旺，燒到奇裝異服，燒到每一個送她回家的男孩都要黏在一起手牽手，最後燒到離家出走，火勢蔓延到左鄰右舍耳語不斷，連我出門都被指指點點，人群用視線焚燒我的無辜，用唇語密密麻麻震動著敘述：「這個」也差不多了！

我變成了「這個」，那麼「那個」又是哪個？

綠色的高中制服沒有成為我的保護色，反而更讓他們集中注意力；有時候我很想直接走到灌木叢林裡，走到龐然深山中，走到任何顏色可以融化我的地方，再也不要讓人瞧見。「那個」選擇離開的人是我妹妹，不是我，即使我們來自同樣的基因染色體，卻是不同的靈魂載具，不同的身軀。她不是我，我也不是她，我沒有「那個」，她也沒有「這個」。

我故意在每天搭乘第一班公車下山，寧願摸黑進入學校假裝用功早自習，也不願意遇到買菜的三姑六婆用眼神審判我的貞節；我故意參加各種補習或留在學校晚自習到最後一班公車回到山上，就為了避免讓這些奉公守法的人們質疑我的未來將疑似不遵守紀律。

後來我才發現原來我是「豎仔」的隱疾從十六歲就發病，我不敢跟父親說我討厭這個社區，因為這裡是他流離失所之後唯一可以依靠的處所，他有一個家，一個安身立命的地方，一個提供遮風蔽雨再也沒有槍砲彈藥從天而降的小房屋，這是他的全部，他在這裡面沉默地接受命運的安排，自己演出無聲的黑白電影，照顧著他的家人，即使已經殘破到只剩下一個女兒，然而這個女兒還是在考上大學之後，故意選擇住到學校宿舍裡，將他默默遺棄在山中央。

我繼承了父親的沉默，更厲害的是我做為一個豎仔都可以成就極品。人人厭惡如牛鬼蛇神的銀行信用卡貸款電話客服來電推銷，我總是耐心的聽完三分鐘才委婉地拒絕；這是因為我曾經聽銀行工作的朋友提起，在她們電話行銷的過程當中，公司都會錄音，如果沒有超過三分鐘的對話，這筆業績就算是零。我朋友無奈地陳述她如何從前面櫃檯被調到後方話台的委屈，但是為了養家活口，她必須撐下去，必須硬著頭皮撥打著一通又一通的陌生電話，隔著耳機承受著各種南腔北調男女老少的冷漠或謾罵。

她的故事讓我理解到原來社會裡有這麼多沉默的人是如此無奈，為了活下去她必須每天說個不停，卻沒有人想聽。之後我再接到各種銀行來電都耐心聽完對方三分鐘的微演說，然後心虛又委婉小聲地跟她/他說一聲對不起！不好意思！我目前沒有這項需要。我以為從小就不擅社交孤僻又喜歡獨處的我也算是盡到了日行一善的童子軍任務，沒想到某次在我同樣的禮貌性陳述之後，她竟然破口大罵我浪費她的時間。

懦弱的極限莫過於此，我終於明白也許除了讀書我什麼事也不會做。蘇格拉底、尼采、叔本華到荀子都是我真正的朋友。中國哲學史上我最崇拜的思想家就是荀子，他說：「人之性惡，其善者偽也。」人性中惡質的部分，很多時候都是不得已的，因爲不得已，所以才要靠教育來感化；我有時後會想，尼采可能懂中文，要不然他在《權力意志》裡說：「人可以從慾望中拯救自己，首先可通過選擇不會帶來這種感覺的狀態；其次可以通過理解它的傲慢和愚蠢。」這段講的就是同理心，瞭解了爲惡的無奈與僞善的倫理，生命即使處處欲求也就不會以沉重的原罪苛責，而是讓人同情的原因。

基本上我認爲尼采所透露的觀點頗具有與荀子學說聲氣相通之處。可惜現在哲學系畢業不需要寫論文，要不然我一定將尼采與荀子好好做番比較。這兩個人的生卒前後相差了將近兩千年，有時候我忍不住懷疑，終其一生挑戰無神論述的這兩位思想家，有沒有可能是輪迴投胎接替完成哲學上尚未圓滿的思辨與論述？

剛從大學畢業的我，也想繼續念研究所，鑽研如何與古人做朋友的學問，而不是粉墨登台職場新鮮人的領域。偏偏，父親被人倒了會，這也罷了，至少父親還有月退俸可以撐著，另外一件讓人走投無路的選擇，則是這棟房屋屋主的兒子竟然把房子拿去抵押貸款，拿了錢之後不見人影，惡意（也許另有苦衷）倒帳，讓銀行追上門來查封，父親一急之下病了，住進醫院裡；我也慌了，那麼一大筆錢，我們要怎麼還？

這就是我成爲空姐的原因。我跟父親一樣萬分感激錄取我的航空公司，它讓我可以有穩定的收入保護父親的家園，爲了這棟從來不曾合法擁有過的房子付出第二次貸款。父親出院之後鼓起勇氣希望向他的好友再提一次過戶的建議，不料這位長輩痛哭流涕向我父親哭訴他的兒子是多麼地不孝，多麼讓他痛心！他的哀慟傷感明顯轉移了話題，原本準備談判的劍拔弩張氣勢消弭，中央社區另一間老舊公寓瞬間成為張老師的心理輔導室，我父親用盡中西文學史上可以引經據典的案例，安慰對方一整個下午，臨別走出門前還不忘再三叮嚀好友切記保重身體，有什麼事可以隨時打電話來，別擔心，事情都會變好的，就像他們從大陸來的時候一樣，什麼都沒有，靠著自己的雙手也在這片新的土地成家立業了。

直到關上大門之後，他才發現怎麼又沒提起過戶這件最重要的事，而且他從進門之後，他的好朋友連一杯水都沒有請他喝。

就算我知道我要往哪裡去，我也不能去了。我們的「家」被拿去貸款九百萬，我可能要工作做到退休都還不完。

我這一輩子還沒有認眞想過一輩子的事！

人生是一條循規蹈矩的道路，小時候就要專心念書，如果能夠考到第一名更佳；青少年時期也是專心念書，如果能夠考上北一女更佳；成年之後還是專心念書，如果能夠進入台大更佳。我按照大人鋪陳的計畫逐步完成夢想，讓他們出門時走路有風感覺很榮耀，他們的快樂就是我的快樂，他們的歡喜也就是我的歡喜。我想我安安分分地完成了父母親的期許之後，應該可以私心滿足唯一的願望，就是大學畢業之後做些自己想要做的事！我認真思考過自己沒有什麼專長只是很會念書，有關哲學與文學的義理陳述我總是很快能掌握重點，寫起報告洋洋灑灑融會貫通，而且我熱愛那些逝去的文人思想家，只有與死人對話時才讓我覺得有安全感，我從他們的文字裡去認識這個人，而不是外在的美貌與財富社經地位等條件。托爾斯泰因為《戰爭與和平》名列世界最偉大的小說家之一，貴族身分反而成為了附庸；陶淵明其人其詩在當代被鍾嶸評為中品，但我就愛他「悟已往之不諫，知來者之可追。實迷途其未遠，覺今是而昨非」。

今是昨非，每天都發誓明天會更好，日出之後給自己一個重新做人的理由，所謂的洗滌不一定要靠傾盆大雨，陽光耀眼繽紛是最天然的除霉劑。縱然每個月我的薪水總是固定減少二分之一，我還是相信接下來的生活會有所改進，縱然我已經沒有了家人，沒有了父親。

只是一趟洛杉磯，四天來回，最適合有家室的空勤。很多結了婚的組員都不太喜歡飛長班，英法德奧捷匈加上義大利，是將近半個月拋家棄子又拜金的旅程，沒有人千里迢迢到了那兒能夠禁慾抗拒物質的美麗，不多買一個大皮箱收藏戰利品，等到失心瘋結束，驀然回首，燈火闌珊處有著溫暖的家，還有老少等著月薪繳交學費餐費生活費。反之，剛剛加入空服員飛行元年的年輕妹妹們，最喜歡班表中出現遠離束縛的長班，別人要花十幾萬才能抵達的時尚流行之都，我們不但免費而且還有薪水可以領，雖然全程幾乎都在飛機上走路！這樣的辛苦自然成爲寵愛自己的理由，大量搶購台灣價格打七折的精品，彌補那份空虛。

然而班表就是這麼無情又挑釁，總是排給已婚婦女奢華浪漫的歐洲之行，讓單身美眉服務飛時最短又沒有機會豔遇拉丁帥哥的溫哥華與洛杉磯。

那是一個明媚的春分時節，有充分的理由出發前往永恆之城。《春秋繁露》說：「春分者，陰陽相半也，故晝夜均而寒暑平。」在春季的九十天中，這一天是最中間的分隔點，太陽位在黃經零度，日月分明，白晝與黑夜各自公平占領屬於自己的疆域。因爲在天秤的中央，持平的選擇彷彿是一個全新的開始，要往哪一邊傾斜就選擇了哪一條不同的人生道路，就像歐洲文藝復興時期夾在歷史與當代的過渡，卻迸發出人類文明史中最値得記憶的理性思潮。

有個年輕的組員拿洛杉磯跟我換了羅馬的長班，我放棄了春天的義大利。

十幾年空服生涯讓我看遍的世界的風景，到了歐洲最喜歡探訪死人的故居，珍奧斯汀、卡夫卡、安徒生、吳爾芙、莎士比亞、歌德與馬克思。有些地方還會一去再去，也許只爲了獻上一束花，或者說些悄悄話，人都死了應該不需要翻譯，極樂世界裡語言昇華爲心有靈犀，他們曾經呼吸過的空氣，撫摸過的家具，生活過的地域；他們的思想是這麼眞實，文字如此精準，他們是一個殞落的繁華世紀，肉身凋零只是世界上幾個億的數字減掉一。他們的體溫留在書籍裡，熱血貫穿跨世紀，我在冰冷的墓碑上總是能夠感應到他們的眞諦，曾經那麼衷心純良用文字書寫出思想上的高空煙火，璀璨明亮且無人能及！

而我父親靜靜地，維持他三十多年來右手托腮的側臥睡姿，在房間裡木製的單人床上，永遠停止了呼吸。

洛杉磯的飛行班表只有四天，出發之前還跟父親通了電話。每年春天父親總愛提起秋季在家鄉盛產的大棗，我常常納悶爲何經常等到冬天都結束了才會想起家鄉的一切？父親的時序總是慢了兩季，遺忘的光陰讓他的年老更顯加倍無情，緩慢提醒匆促。後來我發現，那是因爲過年的關係。總是在歲末年初，全家應景團圓的農曆新年，他才想起，曾經他也有過天眞無憂的歲月，在那個騎馬打仗的年代。

那日，我帶著春天盛產的美國櫻桃，準備帶回家與父親一起分享。雖然他總是懷念老家的棗子多麼碩大甜美，每到盛產期，青翠的蜜棗滿山遍野，彷彿一片綠色大地，即使在蕭索的秋天裡也能處處盎然生機。那時也沒那麼多規矩，人人直接從樹枝摘下棗子拂去灰塵當場就咬個不停，顆顆多汁美味，若說餘韻繞梁，那蜜棗的清脆甘美也同樣縈繞心裡三日不絕，這已經不只是果糖的甜蜜，而是離開家鄉之後，再也沒有機會品嘗童年最豐潤的記憶。

而我對橄欖球形狀的棗子卻是沒有反應。同樣要吐出一顆籽，櫻桃的紅醺光澤與團圓造型是如此飽滿又嬌豔欲滴，況且所有的健康書籍都提到櫻桃的清血降脂與增進新陳代謝的功能，棗子只是富含纖維質吃多了很容易放屁。

父親默默無語，聽完了我對大棗與櫻桃的雄辯滔滔，他只是按照著平日的生活習慣，坐在他最習慣的靠窗沙發椅上，繼續抽完那根長壽菸，慢慢捻熄菸屁股，抬頭，給我一個微笑。

那個微笑的角度，正如同我看到他最後一眼的姿態，只是他不再坐在沙發上，換成躺在床鋪中。托腮的那隻手臂蒼白一如他的臉龐，眼睛閉著，嘴角上揚，彷彿安詳地準備好再聽一次我對櫻桃的議論與讚賞。

退休之後，他的人生只剩下我的飛行班表和報紙電視時刻表，大陸中央台被台灣總統府一刀兩斷之後，無線電視台也紛紛棄守傳統戲劇的舞台，父親被迫滅絕與家鄉聯繫的最後一根文化臍帶，他乾脆連電視時刻表也不看了。我幾乎每天打一通電話回家慰問他平安，總在飛完任何一個長班之後立刻去探望他的生活起居是否安穩。他看見我的時候笑容滿面，混濁的鄉音連聲告訴我他的日子非常愜意，喝茶看報自己煮水餃完全不需要操心；轉身走進廚房想要煮牛肉麵給我吃，卻又回頭叮嚀我不需要這麼辛苦，來回上下山跑來跑去太累了！我沒回應，默默等待他重複上百遍的動作，走進廚房，燒開水，煮麵，熱牛肉湯，最後，踩著穩重卻蹣跚的步伐，端出來一碗熱騰騰的牛肉麵，放在餐桌上。

我順從地塞進比我的胃還要大兩倍的整碗牛肉麵，連蔥花都挖乾淨。他默默看著我吃食，露出滿意的笑容，緩慢地跟我說著他很好，一切都很好，真的不用擔心，也不需要常打電話，把錢省下來，到了外國多吃一些好吃的東西，外國消費高，要懂得自己照顧自己。我點點頭，用舌頭舔乾淨唇邊的油漬，這時，他話題一轉，似是想起了什麼重要的事，微蹙眉頭，小聲告訴我：「倫敦最近鬧工運，出門要小心。到歐洲不要一個女孩子單身跑來跑去，還是找人結伴同行比較安全啊！孩子。」

安靜躺在床上的他，再也不會抬頭呼喚我一聲「孩子」了。

那天早班落地之後，回到住處換了衣服，準備去探望父親。先是打電話沒人接，回到家故意猛按門鈴也沒人理，心裡面忐忑慌茫鼓起勇氣爬上樓梯，一面告訴自己老父親可能出門散步或找老朋友說話談心。直到推開門的一剎那，沒有慣常等待我的牛肉麵香，也沒有孤獨的身影坐在客廳抽著老牌黃盒長壽菸，早晨九點鐘是大地最清醒的時刻，連麻雀都吃飽了啾啾叫個不停，朝東的窗戶有陽光灑進，父親從前最愛在這個時候打開電視機聽一段傳統戲曲，彷彿這些京劇與河南梆子的演員都明白知音難尋，只有早睡早起的外省老人是唯一的天涯知己。

沒有唱腔，沒有牛肉湯，也沒有了生命。床上的老人不是我在歐洲的故友墓碑與墓誌銘，他是我父親，這一輩子沒有跟我說過很多話，總是喜歡叫我乖孩子的老父親。我雙膝一軟，跪在父親面前，輕輕搖著他的手，呼喚他：「爸爸！爸爸！你醒醒啊！」他嘴角弓起彷彿回應了我的聲音，卻容貌端莊如同垂眉的佛陀含笑不語。我的身體溫暖和不了他冰冷的手，我的眼淚也喚不回他的呼吸，我知道他已經走了，不知道什麼時候，他以最孤獨又最舒服的姿勢告別了人間。他在嚥下最後一口氣的時候作夢嗎？是夢見了爺爺奶奶還是姊姊？是誰來到他的夢裡讓他微笑？爸爸，我好想知道。

有些事情我這一輩子從來沒有想過也沒有計畫過，時光會按照日晷的速度繼續前進，不會因爲痛苦或歡笑而暫停分秒的運行。爸爸走了，我反而搬回了這棟房子，我保留父親所有的物品，我常想他可能只是跟我開玩笑，只是出去爬爬山就會再回來。就像我那個十七歲之後就消失不見的小妹妹，她最後關於「家」的記憶是在這座山裡，即使這個家的身分證不屬於我們的名字，但是記憶是眞實的，可以輕而易舉按照遺留下的白石頭，像童話人物一樣找著回家的路。

於是我在中央社區默默等候，我的妹妹。

每個月的班表依然放在父親最鍾愛的茶几，他從來不曾開口要我從國外帶回任何東西，卻會關心著國際新聞裡報導的每一個飛航目的地，美東大風雪、加州火燒山、印度的流感、歐洲鬧罷工。我知道他在等待我的同時也在等待著另一個血親回家，只是那人走得太乾脆太分明，這麼多年來我們報警登報紙廣告到處尋訪妹妹的同學故友與僅存的親戚，卻沒有一個人知道她的蹤跡。妹妹在這個家裡從一個無解的謎漸漸成爲哀傷的記憶與消失的禁忌。於是我偷偷將妹妹當做青鳥，她也許只有在她的國度裡才能得到幸福。

從今以後，我將獨自盤旋在地球表面，沒有人期待我的棲息，那曾經唯一在乎我的人已經長眠不醒。我將他的愛，延續到另一個血脈——我的妹妹，也許終有一天她會願意回來，與我分享她曾經歷的冒險樂園；也許她不願意回來，執意與我持續岔道飛行。但是身爲這世界上唯一的姊妹，我會爲她準備一個屋頂，讓她回家的時候可以安心地睡著，如同父親留下來的微笑，沉默而堅定。

害羞的我能力只有這麼多，我連在公車上遇到那位好心在深夜裡載我回家的司機都不敢相認。我不知道該跟他寒暄些什麼，他不是飛機上萍水相逢之後再也不相見的客人，他是另一種操控著整趟旅程安全的駕駛員，正如同我也不敢主動與前艙機長多說一些除了餐點之外的事情。我的人際關係如同飛機客艙一樣封閉，離開機艙之後我是隻終生吊掛在樹上行起坐臥吃喝拉撒睡的樹懶，這種動物長得很可愛卻很怪異，有腳趾卻不會行走，遇到危險的時候只能以平均每秒零點二公尺的速度逃跑，這種速度其實相當於等待死亡。

因此我只能說出「謝謝」這兩個字。即使我本來很想跟他開玩笑，這是第一次我搭乘他的車能夠全程保持清醒。

三、誘惑

三之一：他

在陽光普照的晴空之下，藍天白雲，我懷念手握網球拍的姿勢，將毛茸茸又帶點QQ彈性的黃橙柳丁高高拋起，揮拍，直擊，從底線發出強而有力的側旋球，讓對手一開始就聞風喪膽。有些選手喜歡在發球的時候用盡丹田之氣咆哮狂吼，彷彿由內而外抖擻起整身的細胞應戰；我是安靜的網球選手，打球時沒有表情，最大的武器是球拍，現代諸葛亮的八陣圖羅織在密密麻麻的網線裡，無論是正反拍截擊、抽球、扣殺、高吊球，都從我的大腦前額葉發布指令，身體揮舞韻律，因應每一個回擊，指揮下一個攻勢。

我會滿身大汗，濕透了貼身的運動衣還有一整條大浴巾！無論是校隊練習或參加正式比賽，我常常認爲贏不贏沒關係，因爲我就是喜歡揮拍的感覺；除了主動凌厲攻擊，我更熱愛挽回每一個看似沒有希望的猛烈殺球，或底線救球。完成一個不可能的任務，比我擊出一個威嚇震懾的高彈跳正拍上旋斜對角攻擊或愛司更讓我有成就感。瞬間來回奔波十公尺寬的底線，三盤還沒兩勝就看到對手的疲累與崩潰意志，正應驗了《孫子兵法》中「上戰伐謀」的最高境界。

我喜歡救球勝過贏球。這個祕密從來沒有人知道，就連教練也沒有觀察出我在運動精神上不合格的缺乏鬥志。我這樣形容也許有點太消極，每個選手上了球場都渴望著親吻冠軍獎盃，可我總覺得除了最後那一刻的勝利歡呼之外，過程中總還有一些更讓人感動的風景。沒有打到最後一分結束之前，沒有人知道誰會輸贏；即便最後答案揭曉，卻也是輸跟贏兩種選擇而已。

因為，這世界上哪件事情是沒有輸贏的？演戲都會落幕，觀眾的掌聲決定這齣戲的感動力，尤其是一場只能有一個冠軍的球局。

雖然我的偶像是優雅出眾的紳士球王羅傑．費德勒，但是我也喜歡西班牙蠻牛納達爾與塞爾維亞硬漢喬科維奇。二〇一二年澳網公開賽的最後勝負，關鍵著連續三次敗在喬科維奇手下世界排名第二的納達爾是否能夠反敗為勝？經過五個小時又五十三分的激戰，在驚人的意志力與高超的體能，完美的球技對決下，喬科維奇再度獲得澳網滿貫。

納達爾的職業網球生涯當中，從來沒有在同一個對手面前保持五連敗的紀錄。在賽後記者會上，有人犀利地問起，成爲史上連輸三次決賽的選手，會不會特別痛苦？他回答：「當你準備好去競賽時，就必須要有輸的覺悟以及忍耐折磨的心。整場比賽我一直被折磨得很慘，但我樂在其中，因爲我給了自己競爭的機會。」

我喜歡納達爾的態度，對於一個網球選手而言，每一次的競爭都是機會，這個機會讓我們挑戰自己的意志力，在球場上證明自己的能量光熱，讓熱情得以瞬間散發，在鳳毛麟角的片刻眞實而勇敢的活著！而我更喜歡喬科維奇在勝利之後的反應，當他拿起了冠軍獎盃的一剎那，他立即轉身，誠懇地對納達爾說：「我們一起創造了歷史。」

我也曾經幻想著有這麼一天，如何讓自己在得到冠軍獎盃之後還能保持謙卑？我愛打網球，我的專長就是打網球，從雙溪國小校隊開始，再也沒有任何一項運動讓我感覺到自己眞實而勇敢地活著。我想過體育系畢業之後繼續往職業網壇發展，我也確實經歷過一段職業選手的生涯，訓練，出國，參賽，療傷，又訓練，出國，參賽。

有一陣子我也是空中飛人，從全運、亞運、世大運到其他國際比賽，我的世界風景是飯店與網球場，還有接駁車上的流光片影。我從來記不得我去過那些地方，只記得球場的草皮或硬地。打球總是形單影隻，但是我不孤獨，每天腦袋裡都在想著如何能夠讓球技更完美更成熟更零失誤。我的生活很簡單也很充實，馬斯洛的需求理論前面四項我都很容易滿足，最難的是金字塔頂端的自我實現。

中學課本裡摘錄了一段散文家王鼎鈞的名言：「時代像篩子，篩得多數人流離失所；篩得少數人出類拔萃。」我想我會印象這麼深刻，應該是老師點名要我唸課文的時候，把「篩」字唸成了「師」；「萃」字唸成了「卒」，惹得女同學掩齒咯咯笑個不停，下課以後紛紛躲在我背後故意叫我「師卒！師卒！」。我的國文程度並沒有那麼差，那個時候可能也有一些耍寶的心態，我總覺得國中升學班太嚴肅，很多人都爲了零點幾分的差距憂鬱。他們應該學我經常在球場上曝曬太陽，揮汗如雨。紫外線與腦內啡促進骨骼發育還能活化思考力，這是基本常識只要打開電腦網路輸入關鍵字都查得到。

就算唸成了師卒，我還是對大文豪說只有少數人能夠出類拔萃感到訝異！如果這個公式證明爲對，流離失所難道不是暗示著平庸我輩的下場？我非常非常疑惑！誰決定哪些人出類拔萃？哪些人流離失所？我的小學同學跟著他媽媽一起做資源回收，幫助我家清理淘汰的電鍋風扇舊電視機，我感激得不得了，要不然叫我自己搭公車扛這些東西到台北市環保局的資源回收站，還不知道要流浪到民國哪一年。同學的爸爸送瓦斯桶，即使在除夕夜炒菜煲湯烹飪到一半燒光瓦斯，因爲他的認眞工作，從來不曾因爲臨時沒瓦斯煮菜而吃到冰冷的年夜飯；到現在我同學繼承衣缽成爲第二代，依然認眞送瓦斯，臨別時除了哥們兒敘舊，還屢屢不忘提醒使用瓦斯的生活常識，隨時注意小地方才能永保安康。

我決定去找老師討論這個問題，並闡釋我心目中的出類拔萃。老師摘下眼鏡，語氣平靜地回答我：「你只要好好背上這句話，將來應用在學測的作文裡就可以了。」

還好我考上建中是因為我網球打得還不錯，而不是我很會背這些佳句名言。

身爲一個愛好網球的公車駕駛，偶爾我還是會在休假的時候回到雙溪國小對著牆壁擊球。有時我彷彿聽到場邊加油聲此起彼落，這不是虛榮，如果一定要想出一個讓大家都能體會的形容詞，我覺得這裡面有更多的修鍊。多年來的征戰已經讓我把那些歡呼或噓聲都當作外星語言，我的自我實現是專注認眞地打完每一場球賽，輸了贏了還是要繼續活下去。不是嗎？父親中風以後也是如此，他不再像過去那樣身手矯健伶俐，上一次壞掉的大同老冰箱，還是他一個人從餐廳揹到客廳再爬了一段小山坡送到大馬路上等著資源回收。他有時也陪我打網球，雖然他的體力已經無法支撐他打完一盤，卻還是認眞地坐在樹蔭下看著我，積極地幫我撿拾滾落到他腳邊的球。我跟父親還算有話聊，我喜歡聽他們那一代遙遠纏綿又令人嘆息的故事，爺爺奶奶是如何帶著他一路從山東老家逃避共匪與戰亂，幾度睡在死人屍體中才留住一條小命輾轉來到台灣，甚至差一點就搭上那艘永沉海底的太平輪。

活著，就是一種恩惠。

父親喜歡爬山，天氣好的時候可以從大崙尾一路漫步坪頂古圳繞行到至善路再沿中社路回來；他的靜態活動是收集郵票，尤其是任何跟中華民國有關的紀念戳。我從來沒想到我心目中的大樹有一天也會倒下，事情發生得太突然，當時我正在高雄打台維斯盃，是我小學同學傳了簡訊給我，他說他現在醫院裡陪我爸爸，要我放心，已經沒事了。

因為中風讓父親提早退休，他們那一代的人啊，總是謙稱著只要沒死在戰爭的砲火之下都是幸福的，就算是曾經流離失所，曾經苦難顛沛，也終於重新找到了居處，有一份安定的工作，養育了我，還有一些可以說話的好朋友。他是真正的大樹，為我捍衛風雨；他從來不勉強我一定要成為什麼什麼可以炫耀的東西，他總是勉勵我要好好照顧自己，幼有所養，老有所終，人生這樣就可以。

人生這樣就可以，讓我陪伴我唯一的父親。

曾經在我的手中就像是雷神索爾的巨槌、或丘比特的神弓、或波賽頓的三叉戟的網球與球拍，就像是神話一樣幽幻地從我生命中消失了。也許我有一點點失落，也有一點點惋惜，更讓我的教練有許多的不解，但是自從我看到了父親的存款簿之後，我再也沒有任何遺憾。這麼多年來，為了支持我打球，參加國際比賽爭取排名積分，父親幾乎花光了他所有的積蓄。

現在，我只要偶爾還可以回到雙溪國小揮拍過過癮就行了。職業選手的生涯是漂泊的候鳥，我很平庸，只想落地生根好好保護我的大樹。

在那個晴朗無雲的下午，天像海洋一樣藍，如果可以將地球倒轉過來看，就是海洋像天一樣藍，藍到連風也停止了吹拂，似乎也專心欣賞這片海天同藍的美景；藍到我彷彿可以擊出一顆永不回頭的網球，定定朝仰目最藍之處飛馳消隱。山麓一片靜謐，午後經常出現的蟬鳴，野狗飽食午餐之後的樂嚎，甚至連雙溪國小鎮校之寶沒事最愛呱呱叫的孔雀，也捨不得發出聲音擊破這份寧靜。我帶著我的球拍走向明溪街，心想等會兒我發球之後永不漏接的高超球技，會讓整個社區迴盪起反覆的音響：「碰」！「碰」！紮實具有厚度的網球墜地聲，仔細聆聽還有一點點空心的迴音，在它毛毛的小肚皮裡滾動，那是碰撞到任何固體之後的祕語，我可以從這種聲音裡判斷對手反擊的強度。聽到一顆網球規律地在球場上彈來彈去的韻律，曾經是我生命中最大的樂趣。

我以為只有我一個人會在這麼熱的下午外出尋找生命的意義，沒想到，一轉彎快要抵達學校門口時，遠遠就望見她蹲在地上，雙眼直視小學入口對面郵局廣場上的三隻貓。

鴿子羽毛！

即使輕如羽毛還是讓人不由自主走向她，竊心試圖秤起重量。

我停止腳步，站在距離她五公尺的地方，不知道該繼續走下去還是要佯裝休息的路人。她已經忘記我了，這時候再度開口問候會不會讓自己像個豬哥神經病？

倒是她主動抬頭看見了我，回應我一個溫柔卻哀愁的微笑。在白天清楚地近看她才發現她的臉眞小，是那種遇到摔角選手肯定立刻碎掉的陶瓷面具，如果不小心讓網球打到也會只剩下一半的瓜子小臉。而她這一次，似乎認出了這根鴿子羽毛，竟然開口跟我說：

——你好！

——我很好！謝謝。

不知道爲什麼這段對話讓我想起，很久以前剛剛學英文的時候，常常被同學逗弄，總是將英文的問候語整段唸完，讓別人沒有接腔的時機。課本上寫著明明是某甲先客氣的打招呼：How are you?某乙才能回答：Fine, thank you!可同學就愛開玩笑，有事沒事就把這一整句唸完，尤其在英文科目要口考的時候，更是把前言加後語整句話反反覆覆說個不停，讓我在潛意識裡默記了這句。結果，我倒不是在口考時失誤，而是在國際青少年網球賽遇到新加坡外籍選手時，一開口就是：How are you? fine, thank you.把所有行禮如儀的問候語一次說完，讓對方瞠目結舌，當場不知道該怎麼回答我。

——我在餵貓。

很好啊！其實這是我心裡的OS。爲什麼說不出口來我也不明白，也許只是單純地覺得這句「很好啊」說出口也等於是白說。我應該要立刻腦力激盪想一些比較有意義的對白，像是「妳好善良」或「貓眞幸福」之類的台詞，這比較像個見過世面的社會人士應該有的回答。眞奇怪，上一次跟她講話的時候我還很正常，怎麼這一次在白天見面了反而有些尷尬？我又不是鬼，爲何會在白天時渾身不自在。

她說她發現這裡有好多流浪貓，是不是因爲靠近學校的關係，讓這些貓看起來都很有氣質。這群貓裡面沒有瘦子，每一個都體型圓潤而且臥姿優雅，就連曬太陽的態勢都能夠呈現出氣定神閒甚至有一點令人畏懼的華貴尊容，貓咪的眼睛冷靜而安詳地注視著人群，沒有敵意，也沒有熱情。他們的存在喚起這世界裡還有一種叫做「遺世」的學問，與人這麼接近卻不會胡言亂語，接受人們的餵養卻不用諂媚做爲回饋。或者，所謂宛在水中央的藝術就是貓的存在與證明。

等等！我眞想請她說話慢一點，因爲有些話我一下子無法完整意會，比方說「儀式」的學問，以及「碗在水中央」。在我眼裡，貓咪就是一種動物，牠跟所有的哺乳類一樣，有脊椎，用肺呼吸，牠們比人類更簡單的享受就是吃飽了睡，睡飽了吃。她所說的儀式？是指貓咪慣常的冷漠，可以做爲某種神祇的分身嗎？還有「碗」在水中央，這是一種象徵嗎？在我看來，貓咪雙足站立的姿勢，比較像是一雙筷子而不是一個碗。

她聽了我的說法之後終於認眞地笑了出來。我這麼說沒有貶意，也不是她之前的笑容都不認眞，而是，我看到了那朵緊緊蹙愸在她雙眉之間的烏雲，突然散去了。她的臉很小，小到任何一個細微的表情都很容易被放大解讀；她不像我這種運動選手的臉，肌理已然定型，骨骼的結實讓人們容易忽略我的喜怒哀樂，因爲情緒早已經融化在陽光裡。

「你也住附近？」她問我。

「我來打球。」我指指背後的網球拍背包，還有手中一整籃的網球。

她的眼神展露出一絲狐疑，我就說臉小的人藏不住心事，她可能很難以理解一個公車司機的娛樂竟然是打網球，那種只有在電視上看過的專業競賽項目，溫布頓網球錦標賽使用的草地球場，讓打球變身爲貴族宅邸的下午茶伴奏；澳網與美網的硬地球場，少了一點視覺上的美感，卻有著羅馬競技場作伙來拚命的魄力。最近馬德里名人賽場地才將紅土改爲藍土，是全球唯一的藍土球場，據說是爲了提高觀感。我個人覺得打球就是打球，最重要的是球技與意志力。就像人們常常說：「笨蛋！問題在經濟」或「笨蛋！問題出在四年級」。我覺得，是藍土黑土琉璃土都沒關係，因爲「笨蛋！問題在球技」。

她又是開懷地哈哈一笑。她笑的時候讓人感覺很年輕，就像我們第一次面對面的深夜，她害羞又含蓄地差點彎腰鞠躬跟我說謝謝，她的笑容有一股孩子氣，就是哪種傻傻的會跟著你玩一二三木頭人，永遠守規矩不會在喊停的時候亂動的孩子。可她笑過之後，就像是蠟燭熄滅了火花，剩下枯黑的蕊心散發著焦味，融化的蠟液隨著溫度消逝逐漸冷卻，而這種逐漸其實時間非常短促，往往在你還來不及意識到沒有光的片刻，它就已經還原成無感的凝固蠟滴。

「如果不是因爲晚上要上班，我倒是很想跟你一起去打網球，好嗎？」

哇賽！還沒開始暖身我的心臟已經抽搐砰砰跳個不停。她說要跟我一起去打網球，我肯定會讓她滿場追球追到腳抽筋。

這個念頭突然讓我有點罪惡感，我應該像個專業的網球教練好好指點她打球的訣竅，就像大學期間曾經擔任過實習老師發揮有教無類的夫子精神，我最厲害的地方就是即使遇到完全沒有運動天賦的學生，也能夠把他們鼓勵到有一天我也可以是曾雅妮或盧彥勳的夢想境界。不過，應付這位高來高去的空姐，我會把馬斯洛那套研究組織激勵時最廣泛被套用的五大需求理論，從頭到尾跟她說分明，讓她認清楚學習的內在動機與外在動機，才知道網球的魔力不只是晴天綠地裡歐洲貴族高尙的社交工具，這顆球滾來滾去，任何人都有能力決定接招還是放棄。如果按照伍迪艾倫在電影*Match Point*（《愛情決勝點》）裡安排的伏筆，觸網球最後掉落的方向決定得分或失分的命運；但我認爲那是藝術家悠遊幻想天地關照人生之後的寓言。對我而言，得分或失分之後還有球局，反敗爲勝是球場上千古傳唱的旋律，就算命運的關鍵球發生在最後一盤的最後一局，我也不會把失敗推卸給運氣，輸贏之神最公平，只有祂知道輸球的原因是我技藝還不夠精進。

她微笑說我好樂觀，說完之後整個人又變得黯淡，彷佛午後的陽光偏心，只願意照射在老樟樹上實踐光合作用的神奇奧義，忽略了那根鴿子羽毛的重量，即使這麼輕，但它確實曾經存在過。

收拾起手上的貓飼料，她徐徐站起，影子拉長了她的憂鬱。陽光下的她像是一個忘記關門的冰箱，忽隱忽現地飄出攝氏五度的低溫，我看著她瘦弱的軀體，這種身材要在飛機上幫客人拿行李，一個不小心可能就會骨折。再過幾個小時她會穿起上班的制服，宛若古典仕女的端莊造型，如果我坐到她的飛機，她會不會在漫長的旅途中多跟我說幾句話？也許會私底下塞給我一幅撲克牌，或者多給我一杯可樂。然後我會回答她：「小姐，我不喝碳酸飲料，請給我蘋果汁。」

為什麼我會覺得這樣的對話超白癡。我應該學習那些見多識廣的社會人士，畢竟我也快要三十歲了，那些三十而立的成功人士，都是怎麼跟女孩子對話的呢？是直接秀出一張頭銜驚人的名片，還是主動留下電話號嗎？我聽說有些人很厲害只要記住空姐的姓名，可以拜託航空公司的人事室，查到她的班表與生辰八字，在認識對方之後的第一個節日，管它是母親節、端午節或農曆立夏的二十四節氣，總之重點是名目，就像寫論文找到主題就很容易繼續發揮申論。然後他選在這一天，會開著轎車抵達派遣中心，膽大的人會帶上一束鮮花，膽小的人就戴上墨鏡。等待心儀的人走下接駁巴士，走上前去，說：「我好像在哪裡見過妳。」

為什麼我編的劇情還是像個白癡在耍心機。

雖然我真的聽過這樣的故事，那是一個經常在網球錦標賽裡相遇的世家子弟，他轉述他表哥曾經交往空姐的經過。那時候我們一起幻想這對才子佳人多登對，從此以後將要過著幸福快樂的日子，直到有一天，他跟我說他表哥又換了女朋友。

而我連開始都沒有勇氣，因為直到現在，我都還不知道她的姓名。

三之二：她

爲什麼會脫口而出要跟他一起打網球呢？我明明最擅長的是游泳。

一個人的運動，挑戰自己的體能極限，沒有競爭對手，秒數說明一切。小時候比賽著重競速，差異零點零幾秒就不是冠軍，眼巴巴望著那個人高手長的第一名，她的手臂划行圓周每一圈至少比我多十公分，我激勵腎上腺素拚命游到暴斃這輩子可能也超越不了她的中指。長大以後比耐力，簡單解釋就是自虐的本領，故意跟自己的呼吸過不去，設定一千公尺一定要游完，即使幾度感覺心肌梗塞也要振動雙臂游下去，心臟能跳到多快？肺臟能不能憋氣憋到自動變成鰓，永遠泡在水裡？科學上有一項實驗是利用全氟化碳液（可以攜帶氧的水）讓人在水裡也能呼吸，但是至今好像只有拍成電影，實際上的人體實驗並沒有成功。曾經有孕婦在懷孕二十三週羊水破裂，幾乎保不住胎兒，醫師決定灌入人工羊水（生理食鹽水）挽救嬰孩，結果只能撐到三十週就必須剖腹，還好結局是順利生產，胎兒健康。但是我覺得全氟化碳液還是最神奇的發明，這代表有一天人類在水裡也能夠存活，無需依賴另一個肉身的子宮聖境。我爲什麼這麼渴望活在水裡？如果有人曾經和我一樣經歷載浮載沉的人生況味，就知道水世界的單純與靜謐，且讓水流從天靈蓋開始篩起，一路涮過肩膀和四肢直到腳底，中西文學史上經典論述的「洗滌」體驗應該就是這種具體的盥洗。

我最喜歡自由式，頸椎至尾椎的水平挺立，自在隨意更換左邊右邊換氣，可慢得悠閒快得優雅，姿態伶俐。蛙式像是在水裡默默朝拜的信徒，雙手合十展開，卻搭配蹬開又夾緊的雙腿，在虔誠之中帶著難以言喻的旖旎。仰式是最後一百公尺收操用的泳姿，我常在這個時候把水鏡摘下默默看屋頂，有些游泳池的天花板使用透明壓克力，戶外露天池裡可以看到搖曳的椰子樹影和星星。蝶式是水世界裡歌舞明星的專利，除非想要在泳池中引人側目，聚焦成光束，那麼就放膽展開雙臂揮舞著皇蛾蝶的隱形之翼吧！縮小腹挺起臀部，變身旗魚穿梭弋航於水面，好看！好炫！可是好難。

但是也不會因爲我能夠展現蝶式的舞姿，就需要開口邀請他一起去游泳吧！還是打網球比較光明磊落，至少衣服穿得比較多。

而我眞的會找他一起去運動嗎？那應該只是假設性質爲了寒暄而不得不說出口的問候語。因爲那個陽光繽紛的下午，是段適合睡午覺的光陰，腦細胞按照正常的生理時鐘作息，需要一點點關機；所以，我也不知道該接什麼話，脫口而出就是那麼敷衍通俗的應對語。再加上那個時候非常沒自信。爲什麼偏偏在穿著一條陳舊又口袋掉一半的藍色家居短褲，隨便搭配褪色的鵝黃色尼龍上衣，帶著一個路邊攤打包才會使用的紅白條紋塑膠袋分裝的貓餅乾，蹲在地上像乞丐一樣陪貓咪吃飯的時候，會遇到認識的人。

而他卻是那麼帥氣。修長的身材剛好背對著光，身後的網球拍像是俠客或英雄的武器，彷彿一伸手就可以抽出倚天寶劍斬斷江湖的不正義。他的肩膀是一種流線型，剛剛好的寬度，不會顯得囂張也不會懦弱無縛雞之力；潔白的Polo衫與合身的短褲，結實的小腿腳踝包裹著密實的棉襪與乾淨的網球鞋，一看就是個準備參加溫布敦級競賽的高手。而我，偏偏在這一天，把家裡最難看的衣服穿出來，本來以爲只會遇到貓，牠們應該不具備審美觀，就算嫌我的衣著陳舊落伍，也只能使用動物語喵喵個不停。我眞的沒有預料到，在那個大家都應該去上班去上學或者去睡午覺的時光，會出現雙眼清明視覺透亮的男人。

也許是因爲在飛機上工作久了，我很容易跟別人說一些客套話，偶爾也有客人會留下電話號碼，希望我們還有機會聯絡。我從來不對這種萍水相逢的路人甲抱持幻想，甚至常常覺得這些人眞是吃飽了沒事幹，我們在飛機上相遇的片刻對話，很少超過飲食的範圍：「請問要吃『豬排飯』還是『雞肉麵』？」或者是「咖啡還要續杯嗎？」頂多加一句：「需要買免稅商品嗎？」這樣的交集難道足以激勵我們必須有機會更進一步認識彼此嗎？那是羅曼史小說中才有的情節！就算林肯說過：「一旦我和敵人交上了朋友，也就擊敗了敵人。」但是，飛機上的佳賓都是我的客人，不是敵人，我犯不著先入為主把他們當作敵人再來化敵為友。

巴塔耶在《色情現象學》的草稿中記錄過關於認識的種種。他認為「認識不僅是感知而且是反應，應該分清兩種認識：(a) 與使用和生產相關的認識。(b) 與情感相關的認識。」簡而言之就是人跟人之間的關係，會在情感上產生連繫的原因大致可以分為兩個部分：「實」與「虛」。接著，巴塔耶進一步闡釋實與虛的內容：「應該列出各種感情：色情活動、笑、焦慮、眼淚（生活的眞實）、陶醉的狀態（眼淚當中）、恐懼、厭惡、喊叫、歌聲、舞蹈（顯然，生活的眞實就是時間）＋被設立的反應。產生於這些條件中的表現並非那麼不客觀，並非沒有目的。它們全都指向生命。另外，它們組成了生命。」

種種的認識都導向了情欲。在陶醉與焦慮、甚至盡興舞蹈（誘惑與被誘惑）之間，生命的繁複與種種美德、敗德，古往今來的哲學家與文人墨客已論述不知凡幾，我很渺小，只能選擇我最相信的價值靠邊站。

我很卑微，因此更要學習抗拒著生活中種種的誘惑，以免陷入更深的深淵。

日本名古屋，座艙組員住宿飯店的樓下有個冰棒販賣機，一支售價一百五十元日幣，換算成新台幣大約是六十元。曾經有一次班機出發前我比較早到飯店大廳，準備集合搭乘接駁車開始當天的任務，在櫃檯辦理完退房手續之後的無聊等待，我走到自動販賣機前面，欣賞著日本人的經濟智慧。有個空服大哥不知何時站到我的背後，突然開口問我：「想吃冰棒嗎？」

——喔！沒有，我只是看一看。

——吃一根吧！

那是初冬的早晨，行道樹已經開始蕭瑟，室內開著暖氣，對應著落地窗前穿著毛外套的路人，是個不適合吃冰棒的風景。而且我打從心裡不想花台幣六十元吃一根冰棒，在台北，只要二分之一的價錢我可以吃到有巧克力還有碎果仁的雪糕。

——謝謝，我不想吃。

——我請妳。

我與這位空服大哥是第一次搭檔飛行，過去從來沒有見過他。名古屋航線是晚去早回的班機，前一天晚上大約八點多落地，停留一晚補眠之後，在第二天的清晨離去。當地時間早上七點，用冰棒作爲朝日之始的第一個熱量來源顯然是個不太健康的選擇，因此我再度推卻。不料，他已經從口袋裡掏出硬幣，噗通投入自動販賣機，恣意爲我選擇了鮮奶口味的冰棒，轉身遞給我，說：「吃一根吧，很好吃。」

我看起來像個愛用冰棒當早餐的人嗎？

因爲不想辜負別人的好意，我勉強擠出笑容，接受了他的贈與。默默撕去冰棒的外層膠質包裝紙，抽出那一根又長又粗的圓柱形白色冰棒；不再受到攝氏零度的保護，冰凍的水分子遇熱冒出朦朧氤氳的白色氣體，像是手握漂浮的乾冰，或者只是我的潛意識還在猶豫到底要如何模仿第凡內早餐的仕女優雅食用這根冰棒。我沒有邊走邊吃的天賦，逛夜市最怕受不了誘惑排隊買鹽酥雞，我如果不在原地站著吃完，就會被那根長長的木籤戳到舌頭或上顎或口腔中任何一塊區域。我更不能邊走邊喝飲料，每次只要離開泡沫紅茶店十公尺之後就會出現莫名奇妙的障礙讓我摔倒，飲料灑滿一地。

這根冰棒，按照常識推斷，應該會在我還不及吃完以前，以糖漿綿密之姿勢融化滴落在制服衣領的命運結束它蠟炬成灰淚始乾的悲劇。於是我決定，從冰棒頂端輕輕含入嘴裡之後，喀一聲用臼齒咬斷它的五分之一面積，使用擅長吃油條的方式，儘速解決這根即將變成液體的玩意兒。

——妳，不用舌頭慢慢舔嗎？

我爲什麼要用舌頭舔？

——像小女孩吃冰棒那樣，伸出舌頭舔它，慢慢地舔完。

剎那間我領悟了這位大哥的蘿莉控情結，他不是體諒我早飢的轆轆腸胃，而是，在北國異鄉的寂寞空間，在受控制的線性時刻表裡，語言與文字的片斷隔閡，遇見陌生又熟悉的女體，出現了一根又長又粗的冰棒。

他在尋找他的蘿莉塔。

我把剩下的冰棒用野生獼猴吃香蕉的方式，瞬間咬碎全部塞進口腔的頰囊中儲存，讓體溫融化冰棒，僞裝奶水喝下去。

我不是他的蘿莉塔，我也不是任何人的蘿莉塔。

我可以一個人在阿姆斯特丹搭免費渡輪從中央火車站新碼頭抵達新興藝術村NDSM WERF，但是我不敢坐在水壩廣場的露天咖啡屋雅座品啜一杯卡布奇諾，我沒有勇氣跟服務生要菜單，一想到上面可能出現的天價數字會讓我慚愧不知所云。我也不去羅馬的名牌工廠血拚，我承認年輕的時候也買過什麼V和什麼奇，但我要不然就是被拉鍊割到肉要不然就是搭公車爲了抓住懸吊的手握扶把結果皮包被割皮夾被竊。每次到了安哥拉治都去逛市立動物園，以前還覺得Costco應有盡有貨源齊全又超級便宜，但是現在全台灣已經有十家分店從南到北都不稀奇。到了紐約總會去TKTS試試當天運氣，看看能不能排隊買到座位還不錯價錢又便宜的歌劇入場券，也因此把《獅子王》、《媽媽咪啊》、《歌劇魅影》都看了三遍。

我的人生很無趣，甚至有一點遺傳了母親的基因，有時看著存款簿會偷偷發笑。但是後來經過檢討，我發現我看著銀行存摺皺眉頭的次數比偷笑的次數還要多，爲什麼那裡面的數字總是累積到一種感動人的程度時就會整個消失不見？

我的初戀男友在大學時代就很有商業頭腦，雖然他是文化大學印刷系的延畢生，但是他認爲他可以在網路世界裡開創新天地，成爲華人團購界的台版天才賈伯斯。他想開設網路商店，決定進貨時發現沒有本錢與資金，他的銀行存摺從來都是0.00。這時候，他說：希望我們夫妻同心，其力斷金，從容地要走了我的第一桶金。網購大亨的夢想失敗後，初戀情人奮發向上到法國改行念藝術，每次寫信給我只會說他快死了！快餓死了。我的存款幾乎沒有新台幣，省吃儉用匯到巴黎銀行的歐元數字永遠無法超過四位數激勵我更加省吃儉用。

接著父親的「房子」被銀行強制貼上查封的白字條，那是《七俠五義》裡面才會出現，當惡吏逼良爲娼時不擇手段的衙門技倆，竟然活生生像個向右傾斜四十五度的十字架黏貼在我家大門。當下父親立刻進了醫院，我的存款簿數字跟著歸零，一切從頭開始。

只有一個人的開始。

休假的時候躲在家裡，看一整天的窗子，窗外有鳥，黑的藍的棕褐色的，短尾巴長尾巴或者看不見尾巴的。出太陽的時候宛若百家齊放嘰嘰啾啾遠近相應好像很開心，下雨的時候則份外安靜，只有雨滴唏哩唏哩連孤鳥都難鳴。

我感到很孤單的時候會去逛菜市場。傳統的菜市場。

西式的超級市場明亮整潔夏天又有冷氣，但是人與人之間就像是蔬果區陳列架上包裹了層層密封保潔膜的商品，乾淨而疏離。我可以不受打擾地在衛生品區站立許久，慢慢考慮到底要買哪一種廠牌的衛生棉；也可以獨自一人在琳瑯滿目的瓶瓶罐罐裡冷靜尋找最適合我的沙拉醬；零食區有很多新鮮有趣的糖果點心，每次看了都心動但是無法行動，我獨居，又經常出國，數量龐大的量販包經常不知不覺放到過期。看著標示牌上的說明，用文字透析商品的內在，自由意志決定拾取哪一個貨架上的商品，推車籃裡有拖把、綠豆、泡麵、青花菜和馬桶清潔劑，沒有人跟我說哪一個牌子好。我無言地採購，直到結帳的時候才跟收銀員說到話，所有的過程往往也只會出現三個字，叫做「麻煩你」。超級市場冷凝而獨立，有時候連語言都不是必須，因爲可以直接拿出信用卡，買多少都沒關係，先享受後後付款，是二十一世紀金融市場最偉大的發明。

超級市場有它的專屬樂趣，工業時代的效率，方便，快速，便宜。沒有感情。

菜市場不一樣，老闆總會看著你的眼睛多說幾句話，並非勢利眼強迫推銷產品。他的熱誠、他的動作、他的言語證明他相信自家的東西絕對可以叫我第一名！通常老闆們都會大方地讓客人試吃，吃了不買也沒關係，一條長巷後浪簇擁前浪，人擠人很容易在吃了現炸土魠魚之後已經被推擠到下一個攤位品嘗仙草蜜。菜市場裡很吵鬧，但是不影響買賣交易，銀貨兩訖的雙方肯定聽得到彼此的協議。菜市場裡也有第二代，有些年輕人很斯文，不敢出聲叫賣，難得遇到自動上門的客人，經常搞不清楚狀況賣得更便宜讓耳聞售價的母親膽戰心驚。菜市場也有品牌，他們會拍胸脯保證，買回去有問題隨時可以拿回來修理退換，因爲每週二、週四都固定在這裡擺攤，即使不是托拉斯的連鎖商店，一樣提供售後服務而且童叟無欺。

我去買一個三十元的湯碗，看著這個攤位從屋內羅列到屋外走廊下，一整排至少有六公尺長度參差堆疊，大小不一的陶瓷鍋碗，玻璃杯盤，每一個都是易碎品，成堆整排到膝蓋高度的杯碗累積起來至少將近一千個。我很好奇年邁的老闆收攤時，要如何打包？一個一個小心翼翼包裝起來，再送上貨車，載回倉庫裡，因爲這裡是菜市場，不是店面，他一週只有星期五租到這裡的攤位。我看著他熟練的將我買好的四個新碗扎實而安全包裝在一起，我說我要放在拖車裡，這樣安全嗎？他說妳放心，這樣包起來沒問題。因爲他溫和地回答我的質疑，也許釋放了某種超越於買賣關係的善意，我忍不住提出我的好奇：「老闆，你每次把這些碗盤全部收起來，要花多久時間？」他低頭輕輕嘆了一聲，彷彿我的問題勾起了他難以面對的回憶，緩慢地回答我：「兩個小時。」

默默與時光相處，讓兩個小時只能重複單一生產線的動作，撕紙，包裝，疊起，打包，上車；菜市場裡很多老闆都有著同樣的命運，只是賣絨毛抱枕的可能不需要在收工時額外占用兩個小時清理所有的貨品；賣水蜜桃的老農可能比較辛苦一點，我曾經看過下午三點鐘的水果攤上，老先生一顆一顆小心謹慎地幫水蜜桃包裹保麗龍外衣。

「你的孩子會來幫忙嗎？」他這次沉默得更久，然後回答我：「他上次幫我收攤位，最後搞到很生氣。」

市場人生，不是只有股票點數的紅綠高低；城市的巷弄裡，偏僻的角落，收納了以叫賣維生的人群，流動的交易，漸漸固定，菜市場的人生，陰暗長街中微微透出光明的人間縮影。

菜市場的誘惑是故事。從陽明山採了月桃葉，親手包粽子帶到市場販賣的老婆婆；山東大嬸小時候跟著韓裔鄰居學了傳統炸醬，移徙到台灣之後將好玩的興趣轉換爲廚藝；夏季時的台南特產，攤販們要多早起床才能將最新鮮的白河蓮子運送到市場裡。我小時候最怕看到活生生現宰的老母雞，還好菜市場跟上了現代化的腳步，已經見不著咕咕叫的雞和血流如注的場景。

故事有很多種，我要如何想像會在菜市場裡遇到公車司機？

他就這樣迎面走過來，比人群的平均身高要多出一顆頭的高度，彷彿洪流中的電線杆，從遠處遊盪而來，突然直直杵在面前。他手上提著大大小小的塑膠袋，裝滿了青菜水果和其它應該只會在菜市場出現的東西。

——喔！是妳。

——是。

——妳也會來菜市場買菜？

要不然呢？我應該到菜市場寄信嗎？

——你買什麼？

——買菜。

在菜市場與年輕又有一點熟悉的男子相遇剎那間形成一種很尷尬的氣氛，滿腦子「你怎麼也會在這裡？」的疑惑；這裡原本是我暫時脫離獨居老人的虛擬電影院，人生百景在狹窄而幽黯的小巷中放映。那個公車上的聖誕老公公，從來不曾在我的情境劇本裡安插爲一個人物，更何況這樣的場景不但詭異而且有一點不舒服，周圍簇擁著一波接一波的人潮，阿公阿嬤常常漫步閒逛又東張西望，擦肩而過時總會撞上肩膀或勾到手上的塑膠袋，菜市場裡除了固定的攤位還有流動的小販，方形四輪車中放置著現採小白菜與竹筍，老太太剛剛走過去，又有孝順媳婦幫忙賣著自製薏仁湯和桑葚水，像是接力競賽似的蜉蝣而過；我們像兩粒煮熟的水餃在沸燙蒸凝的滾水裡碰撞、翻游，又碰撞在一起。

——我叔叔在外面等我，不好意思不能久留。

我點點頭。

他挪移過我的身旁，小心翼翼不讓手中紛亂的塑膠袋撞到我的身體，微笑而含蓄的示意他的匆促是有原因的，否則他不會再度回過頭來，問我：「妳用網路通訊嗎？Skype? Line? Facebook?」

我說我用臉書。他接著說：「我可以加妳爲好友嗎？我叫孫昭倫，我的哥們兒都喜歡叫我超人，所以我的帳號是Super ego。」

我愣住了，這是佛洛伊德的人格三部曲。

他慧黠地望著我，然後說：「再見了！」

剩下我停留在原地，傻在Super ego那個字彙裡。

四、愛情

四之一：他

每年年底的最後兩個星期，公司規定我們要穿上聖誕老公公的衣服，紅底滾白絨毛邊的睡袍與高頂帽，駕馭著六輪麋鹿柴油車，環繞在固定的路線中，一次又一次，請上車的乘客吃糖果。

我爸爸有一次在公車站牌跟老同事聊天，看到我開車經過，遠遠地我就瞧見他兩道濃眉緊緊皺縮在一起，揪成了飽滿天庭下的兩條黑色毛毛蟲。我微笑跟他揮手打招呼。那是我第一年當公車駕駛，作夢也沒有想到這間公司會有如此親民的規定，每年十二月十一日之後，必須穿著聖誕老公公的衣服，來往於中央社區。我爸爸剛開始也不知道，他的寶貝兒子除了專心開車還兼寒天送暖，直到那天看到我一身卡通的打扮。

他本來就是個不會生氣的人，這些年，更不能生氣。中風之後，只靠一條腿撐著走，右手失去功能，七十而知天命之年他變成了左撇子。剛開始，我想編一個藉口說年輕的選手們太優秀，我不幸被國家代表隊淘汰了，希望他能支持我轉行的選擇，但是當我看見他眼中已經潰散的信心，不擅長說謊的我再也無法用自己無能的理由，在我父親失敗的身體上挹注我天賦的失敗。他曾經是最鼓勵我打網球的人，尤其是在母親過世之後，他總是說多多出去走走，去交朋友，打網球打撞球什麼運動都可以，男孩子就是野孩子，但是還是別忘記說請、謝謝、對不起！

爸爸出院的那一天，我第一次煮飯給他吃，那是我菜市場裡的國中好友教我的咖哩雞。哥們兒說，咖哩雞是天下單身漢必學的家鄉菜，這道菜非常簡單，只要加入洋蔥、紅蘿蔔、馬鈴薯，以及任何一種肉類，放入大鍋裡全部煮到熟，最後把咖哩粉加進去，就成了美味可口人人愛吃的咖哩，不一定是雞。我的好友一邊抱著他剛滿月的嬰孩，一邊口述給我聽，在他身邊還有兩個小孩跑來跑去，他已經是三個小孩的父親。

那天的咖哩雞應該做得還算成功，我看到我父親悄悄掉下了眼淚。其實，在他還沒有掉眼淚之前，我已經決定跟他誠實說出我的人生規畫，我無法讓行動不便的父親像過去一樣獨自在家裡等候我漂泊四海的征戰而歸，即使他經過復健之後已經能夠勉強行走，即使從廁所走到廚房要十分鐘。

——爸爸，讓我照顧你。我做菜可能不好吃，洗衣服可能不夠乾淨，有時候粗手粗腳，也許還會打破碗盤或什麼東西，可是我都會清理乾淨，你不要擔心。我們爺倆兒，就這樣吧！

——你打了一輩子……的網球……。

——爸爸！我還不到三十歲，哪來的一輩子？

——孩子！……要做……讓自己……有熱情……的工作……發揮……專長……。爸爸……不……會陪……你……一輩……子……只……有……你的……專業……才能……陪……伴……你……一……輩子。

於是我向父親分析網球職業選手所面臨的一些難題，包括必須不斷參加國際比賽累計積分，每次出國的經費與贏球的獎金目前都無法成正比；轉換球隊教練，還是要配合集訓或比賽時間或薪水不太能讓人滿意；我有些同學去當企業家的安全隨扈，聽起來很神氣但是需要二十四小時待命，有時候還要跟著大老闆出國，他們不在乎多買幾個商務艙的座位，因爲億萬富翁的人身安全更可貴。最後我看到公車上的徵才廣告，也去打聽了一下，這份工作有三種排班制度，可以隨時彈性調整，每天都可以回家陪他吃晚飯，再加上薪水合理，只要認眞工作，一個月平均六萬元薪資。最重要的是我離開家門走路一分鐘就可以去上班，父親打開陽台落地窗也許還可以看見我在調度室休息。

就這樣決定了吧！

父親中風之後，口條不如從前流利，尤其當他有很多意見想要即刻表達，因爲思緒太豐富，卻無法使用半癱瘓的口腔順暢而出，就會呈現結結巴巴的狀態，讓每個字與每個字之間的間隔更長，有時甚至會無意識地流下口水，特別是在他心情激動的時候。

——孩……子……要……爲……自……己……多……

——我只要跟你在一起。

我說：「我陪你走完這一段路。」

就在這個時候，父親落下了兩滴眼淚。他上次流眼淚是在母親的告別式，那年我十七歲，母親突然間走了，他從那時候起，父兼母職養育我。雖然我是個活潑外向每天流一身臭汗的野孩子，可是我始終默默把父親的點點滴滴放在心裡。

公車司機循規蹈矩，除了偶爾要變身名模，穿一些特別的制服。比方說聖誕節前夕，還有每年三到五月的台北市公車評鑑期，我們需要穿上特別訂做的背心，上面寫著「優良駕駛，誠懇經營」。這件橘紅色背心有點像醫院裡的志工，或學校的愛心導護，每次穿上它我總覺得自己好像也得配合著做一些敦親睦鄰的善事。在中央社區開公車，感覺有點像交通車，每天固定搭車的都是一些熟面孔，我還聽過前輩們說，他們看著某某某從小學一路成長到大學，儼然成為這些孩子們的教父。

我的經歷最短，只能記住一些會主動打招呼的熟面孔，即使遇到了熟識的叔叔伯伯阿姨們，也不太能寒暄多聊，因為礙於公司的明文規定，直到某次辦公室收到投訴書，寄信人投訴我的理由是「不太親切」。之後我就敞開胸懷跟每一個像是求職委員會的婆婆媽媽東家長西家短，我歸納出她們最喜歡問的題目排行第一名是「有沒有女朋友？」剛開始我很誠實地回答沒有，結果某天有位大嬸竟然認眞地跟我說：「我有個外甥女條件跟你很匹配，你要不要看看她的照片？」

這也太瞎了一點吧！我看起來像個非常需要賢妻照顧的怪叔叔嗎？於是我之後都跟這些熱心的長輩說：「謝謝！我已經有女朋友了。」

——什麼時候結婚啊？

——你女朋友哪兒人呀？

——認識多久了？

——有沒有想過生幾個小孩？趁著能生趕快生啊！

面對這些問題，我倒是挺想得開，無論你從事哪一行，男孩子長到一定的歲數，這些都是基本問候語。即使以前在打網球的時候，也是處處遇到長輩們關心終身大事，彷彿我的人生就是爲了結婚與傳宗接代而存在，ATP*曾經排名一百五十的榮譽，不如龍年生龍子更讓人驚喜。

我就是在車上聽到那些婆婆媽媽說，我們社區出現了一個空姐。我心裡想這個不稀奇，我已經載過她好幾次，但是她們接著說，這個空姐是台大哲學系畢業的。

——就是住在八十三棟的劉先生的女兒啊！

——他哪個女兒？我記得很久以前他有兩個女兒。

——比較乖的那一個。

——台大哲學系的啊……。

最後一個感嘆句充滿了太多的想像，我沒有再去細聽她們的閒言閒語。倒是這個關鍵字，讓我下班以後整晚都在網路上搜尋哲學的要義。怪不得她總會說一些很奇怪的話，像是「有些遙遠的事情就是屬於遙遠，並不是屬於永遠」；或者是「宛在水中央的藝術就是貓的存在與證明」，這句話最讓我感到可恥，因爲我竟然把《詩經》的「宛在水中央」當成一個倒立在水中的飯碗，證明我的知識都來自動漫，才會畫面感這麼強。

註：ATP（Association of Tennis Professionals），國際男子職業網球總會。

經過一個晚上的研究，我決定要想出一個驚人的話題，在我下一次與她相遇的時候，證明我並非胸大無腦的花瓶。

沒想到這麼快，在菜市場中，就會遇到她。那麼孤獨，那麼瘦小，那麼像她提到過的「遺世而獨立」；而我，比她還像個管家婆身上提揹著大包小包，因爲那天有親戚要來家裡聚餐，爸爸囑咐要包水餃，大清早到菜市場買十斤豬絞肉，兩顆高麗菜，蔥薑餃子皮都是必要的，除此之外，我還順便買了一打三福牌純棉內褲，從小到大我都穿這個，已經養成習慣，當她突然開口問我：「你買什麼？」著實把我嚇了一跳，我以爲她看見了我手上透明塑膠袋內擁擠的白色大內褲，趕緊把袋子挪移到背後，並俐落的回答她「買菜」，以免她轉移焦點注意我的戰利品。

因爲太尷尬又心虛，我彷彿瞧見她低下頭，視線逡巡我滿手的青菜肥豬肉，我必須要想出一個正當逃離的藉口，於是，我編造了一個叔叔開車在外面等候的謊言。我也許很調皮，但是從來不說謊，那次眞的爲了內褲的事情有點慌張，一心一意只想離開現場，我叔叔確實開車，但是他已經在山上的家裡陪父親話家常，我是有一輛摩托車在菜市場門口等我，但那輛靜止在停車格的交通工具不夠資格成爲迅速離開的正當理由。

不過，我很驕傲的是我總算沒有忘記之前練習很多遍的邀請，在我轉身離開的那一刻，曾經默誦千百次的題目終於脫口而出，我藉著最現代化的電腦交友工具，告訴她，我也有看書，我的暱稱是Super ego。

我的名字是孫昭倫，我的哥們兒確實叫我「超人」，但是當他們發現叫我「找女人」的時候會帶來更多的樂趣，從此以後便以此爲話柄，直到我提出嚴正抗議，他們才勉強更換爲「找人」。

年輕男人之間的無聊玩笑雖然葷腥不忌，但是我就是不太喜歡那裡面隱藏的性別歧視。我認識的女生們有時候是有點討厭，但是她們也是人，應該受到尊重。我也不知道該怎麼跟哥們兒解釋這種感覺，我們可以開很多玩笑，甚至分享打手槍的野戰經驗，結了婚的好兄弟當然會吹噓他在床第之間的豐功偉業，要不然怎麼會沒事就蹦出三個小孩！但那些都是兄弟之間的內行話，如果拿來當成綽號，我總覺得有欠修養。

談戀愛，應該要像費德勒與米爾卡一樣，彼此照顧，彼此鼓勵。沒想到我的好朋友卻批評我的觀點，認爲我並不是眞心想找一個女朋友，我只是需要一個會喊加油的啦啦隊團員。剛開始我有點生氣，但是後來仔細想想，那時候天天打球，確實沒時間陪女朋友談戀愛，她們都很在乎生日和情人節，就算一年有中式西式兩次歡度情人節的機會，我卻經常因爲練球或出國比賽，總是錯過了她們心目中最重要的燭光晚餐。

現在不出國了，成爲單純的公車司機，我的最後一任女友因爲這樣的選擇而決定離開我。剛開始我很挫折，我不偷不搶不騙不詐欺，只是換了一個工作而已，她爲什麼不能諒解？我默默開著我的車，行駛於繞圈圈的路線，從白天的樹木看到晚上的路燈，每次從調度站開出去都有不同的風景，陽光會從左邊往右邊挪移，偶爾下午來場大雷雨，傍晚的時候又放晴，唯一不變的是每天晚上都能回家看見父親，而父親也在改變，他一天比一天康復，一天比一天恢復體力，有一天他說可以幫我把舊電腦搬出去回收，讓我笑到打嗝，我就在那一天完全忘記了前女友。

我以爲從此以後我可能要變成僧侶，寂寞的除役網球國手，孤獨的公車駕駛。也許退休以後可以到故宮博物院當志工，我有個鄰居的父親國貿局退休以後，每天到故宮博物院對大陸參訪團講解國寶歷史，日子過得很充實；我常想一輩子搞經濟的人，老了還是有本事學習藝術，那麼一個具備大客車常識的專業駕駛，應該也可以做到。或者，把我最愛的球拍擦乾淨，拿在手上當道具，到雙溪國小義務教授網球，如果那時候我爸爸還在，他可以幫我吹哨子，糾舉那些不認眞打球的調皮孩子。如果我爸爸不在了，我就賣掉房子，住到養老院去，說不定會在哪裡有豔遇，黃昏之戀，就像電影《極樂九重天》的情節，七十多歲了還要追尋眞愛。

距離七十多歲還有四十年，我的黃昏還沒有那麼靠近，倒是豔遇的幻想卻常常不由自主地萌起。

這個月爲了陪父親回醫院檢查，我調整爲半天的班表。我們駕駛通常都有一輛自己負責維修的大客車，尤其是行駛每天早晨六點到晚間六點的全天班駕駛；另外還有一種是一輛公車由兩位駕駛同時負責保養，一個開晨班，另一個開晚班。後者的薪水會稍微少一點，不過自己的時間多一點。

我在這個月調整爲晚班，爲了利用早上的門診時間陪父親去復健和回診，然而父親也不是天天需要去醫院，我因此多出了很多白天的時間。

那個空姐，白天都在做什麼？

我不只一次假裝散步到明溪街，就是在菜市場之前遇到過她的雙溪國小後門口，我想她也許還會出來餵貓，縱然有一天突然下了暴雨，但是沒辦法我就是這一天白天有時間可以出來假裝巧遇，我揣想也許她會擔心貓咪的生計，寧願淋濕衣裳也要出門來愛護動物。

雙溪國小後門口面對著雙溪郵局，十點鐘從士林郵局開上山來收掛號信的貨車駕駛遇到我，還跟我打了招呼，穿著鮮明制服的他大聲問我：「來寄信啊？下大雨喔，走路要小心。」我點點頭回應他的熱情，事實上我根本沒有在走路，我撐著一隻黑色雨傘站在雨中像個灌溉暴生的新鮮蘑菇。

因爲猜測她很節儉，總是在大直捷運站換乘R55回到中央社區，因此大直捷運站也成爲另一個可能不期而遇的地方。我記得她曾經在清晨搭過公車回家，也許早上在這裡也有遇見她的機率。整層大直捷運站被我走來走去都快像磨石子機拋光了地面，三號手扶梯出口旁的光仁愛心二手商店裡有個可愛的員工，個頭矮圓的他臉上帶著天眞無憂的表情，每次看到我都會笑。當我們經過一天之內無數次四目交接之後，他可能誤解我是個被朋友遺棄的可憐人，從店鋪裡拿出一個鋁箔裝果汁，走過來遞給我：

「葛格，你的朋友遲到了嗎？」

我無奈微笑點點頭：「她遲到很久了。」

最後我慢慢挪移，愈來愈靠近她的基地，松山機場。人來人往的機場大廳，任何一個地方都有可能出現她的身影，更何況她又不一定每次都飛行兩岸航線或國內航線，我在入境室傻等只是凸顯我的癡愚。於是我探勘到了一個絕佳地點，那是個無論從松山機場或派遣中心出發，要前往捷運站搭車一定會經過的路線，而且在這裡偷偷等人有著全世界最理直氣壯的原因，在這裡面一個人可以待上五個小時沒有人會質疑你的動機，也絕對不會有人想要探測你的目的其實是在偷窺過往的路人是否出現娉婷的目標身影。

這個美妙的地方，就是市立圖書館的分館，一個無人看顧的智慧型圖書館。

說實在的，大學畢業之後，我再也沒有進去圖書館；我父親有一些藏書，多半是歷史和動物圖鑑。我的死黨大熊是文藝青年，就是二十年後非要我們跟著聽〈蘭花草〉的國文老師；我想我後來有被他傳染到一些「未賦新詞強說愁」的疾病。對，這是病！以前我常常笑他，喜歡一個女孩子就去行動啊，主動釋出善意啊！他總是回答我什麼「情用賞爲美」之類的怪怪說詞。情用欣賞比較美，那應該指得是鋼琴的琴吧！

可現在我明白了，有時候就是會因爲一些莫名其妙的原因很難說出口，所以就用眼睛欣賞吧。

就像我在這間安靜的圖書館，隔著整片透明晰淨的落地玻璃窗，可以清楚看見來來往往的行人，也許我有可能遇見她，也許沒有可能，可能與不可能之間，存在的是機率，或運氣。這下子我終於領悟到伍迪艾倫那部電影《愛情決勝點》爲什麼一開始要把鏡頭停留在一顆觸網球，我以前都覺得那是拍電影，現在我知道原來這就是人生。但是不服輸的我還是相信，即使觸網的球決定落在勝利者那一方，造成失分，那也是因爲揮拍的人不夠用力，機率是奠定在數量的基礎，如果勝方不再失分就有機會贏球，反之亦然。這個機率告訴我，如果我繼續大量長時間地在這裡守候，我一定有機會遇見那個總是省錢搭捷運坐公車回家的空姐。

這時候我抬頭，看見書架上一個燙金書背的精裝本書籍，書名是《呆子伊凡》。

眞是對仗啊！坐在這裡的人，可以對出下聯：「傻子超人」。

爲了一種我也不知道該如何說清楚的魔幻驅力，我去了那間圖書館好幾次，有次認眞地找了幾本旅遊書想要借回家看，卻發現所謂可以用悠遊卡借書的智慧型圖書館，還是要先去辦一張結合圖書證功能的悠遊卡才能順利借書，因此又跑了一趟眞正有人服務的圖書館。就這樣，在這間無人圖書館徘徊了無數次之後，我終於找到了一本我想要看的書《阿格西自傳》，正得意洋洋的拿起新辦的圖書證要來體驗智慧圖書館的高科技功能，突然有個影子闖入了我的刷條碼區，用一種匆促焦急又充滿歉意的聲音說：「對不起，我很趕時間，請讓我先刷一下好嗎？」

我一回頭，竟然是她。

她看見我的表情非常驚訝，微張著嘴說不出半句話來。愣了幾秒鐘，才擠出幾個字。

——我來還書，要上班來不及了。

——好的，妳先用吧。

她熟練的將手上的五本書刷過條碼，丟進還書箱裡，因爲最後這個動作，讓我無法進一步了解她到底在看些什麼書，而感到一股失落。

——我今天飛夏威夷，到了就加你臉書。

丟下這句話，她立刻拉著拖車匆匆忙忙地飛奔而去。

她總算記得這件事了。上次提到同樣的事情是將近兩個月前，當時我買的材料足足包了一百多個餃子，過了這麼久，就連放在冷凍庫裡的存貨都吃完了，她才終於想起我的邀請，只是，她還記得我的暱稱嗎？我故意挑的新名字。

不過她穿上制服員的超正點，優雅又高貴。但是我還是比較喜歡看她在菜市場裡穿著夾腳拖，或者蹲在地上餵貓的姿勢，那樣瀟灑不羈的她讓人感覺超舒服，彷彿只要她能不受到拘束，我的心情也就跟著得到情用賞為美的自由。

四之二：她

夏威夷時間凌晨三點，我睡不著。

有些空服員很能夠適應時差的生活，更熱愛飛機餐，尤其愈資深愈有機會品嘗頭等艙的魚子醬與紅酒菲力牛排；然而長期飛行卻讓我對高壓環境中的進食行為倒盡胃口，胃壁黏縮，任何美食比不上一片可以中和胃酸的蘇打餅乾。而且我的時差很嚴重，彷彿靈魂沒有跟著身體走，越過換日線之後我經常一片腦茫茫。

最明顯的是剛開始飛行的時候，還幻想著爲將來繼續報考研究所儲備戰力，飛長班會帶著德希達的《書寫與差異》或其他《純粹理性批判》、《多瑪斯：哲學大全》等西洋哲學史上飛機，想像著抵達外站就關在房間裡專心念書，念茲在茲學校老師的期許。沒想到一下飛機，疲累像蝗蟲過境襲擊我全身上下由內而外的所有神經，我的腦突觸可能斷裂了，思考無法聯結，所有的理智皆呈現片段的功用，連飢餓都遺忘，只想睡覺，倒在床上三個小時又自動張開眼睛，那是體內複製的台北記憶，細胞說天亮的時候就該清醒，現實世界的窗外依舊如漆墨般黑暗，異鄉無眠的深夜背叛了所有關於本能的印記，該起床或是不該起床，那眞是一個大難題。

康德笛卡兒斯賓諾沙，不催眠也不振奮人心，扉頁上的文字與文字緊密團結在一起，它們自成一個國，我是被放逐的遊民，漂浮在城邦之外，與野蠻愈來愈接近。我的第一個野蠻是拿起我過去以知識分子的傲慢從來不屑閱讀的數字周刊，窺視著藝人與名人之間的緋聞八卦。這是飛機上姐姐妹妹共同的話題，只有我聽不懂，現在起我要學習合群，多多關心小開如何追明星。

機艙組員自成一個蜚言小宇宙，自轉公轉仿若太陽系的行星圖，在一千多個序號裡飛行。她們總喜歡說誰的男朋友又開了名車來接送，誰又認識了豪門第二代，誰又拍了公司形象廣告，誰經常受邀參加X航之友的飯局，誰又眞正釣到了金龜婿，從此過著幸福快樂的日子。這種故事聽久了，會有某種程度的洗腦作用，爲什麼她們都可以，偏偏只有我不行？虛榮是輕易麻痺良知的安非他命，我也會幻想有人願意照顧我一輩子，我可以像雜誌上的貴婦天天盛裝參加派對，家裡有傭人打掃洗衣又拖地，身爲夫人的尊榮只要專心擦好指甲油，戴上VVS1級以上的鑽石項鍊，出門跑趴或參加名店開幕式，而不是日夜顚倒在飛機上屈膝彎腰爲客人送飯奉茶，還要走路走到紐約洛杉磯。

直到有一天，我看到嫁給醫生的空姐朋友，手指上戴了一顆讓所有人嘖嘖稱讚的戒指，那是一個白色山茶花的造型，讓每個人嘆爲觀止。她們忍不住伸出青蔥玉手，摸摸經典名牌設計的精密陶瓷，眞誠流露出衷心讚美與羨慕，紛紛脫口而出：好美啊！好美啊！還順便提起交叉的C牌最新春裝與最新款小羊皮菱格紋皮包，這群人當中應該只有我隱藏納悶，因爲我看到那顆比彈珠大一點玩意兒的第一眼，只感覺到像是我家的白色馬桶割掉一塊拿來琢磨成花形戒指，她們口口聲聲的陶瓷，不就是跟公家宿舍裡日式老建築所採用的舊式白馬桶同一種材質嗎？

——拜託，是精密陶瓷。

——這一個要十萬塊錢耶！

也許我交不成貴婦朋友是有原因的，我不但連「精密陶瓷」跟「普通陶瓷」都分不清楚，還把人家花十萬塊錢買的精品比擬成家裡面的古老馬桶。從那一刻起，我深深領悟到我沒有那種嫁入豪門的命，我是個沒有生活品味的人，鑽石珠寶亮晶晶，但是只要瞭解鑽石只不過是一種純碳礦物，無色正八面體晶體，它除了是自然界最堅硬的物質，熔點在攝氏一千度之外，還有什麼迷人之處？我實在想不清楚。我也沒有生活趣味，以前存錢都拿來買書，現在存錢爲了幫爸爸買房子，名流富紳誰會願意娶一個負債九百萬的孤女，她還有一個妹妹不知道流浪到哪裡。《壹周刊》的閱讀心得是這年頭的媒體都像調查局，人一旦有了知名度，記者們會把這個人的祖宗八代都挖出來，檢驗他的血統證明書，幾乎要爲他著書立傳說明他一生的點點滴滴，當然過程中愈多奇情詭異愈驚險刺激，正應驗了安迪沃荷的偉大預言：在未來，每個人都可以成名十五分鐘。

未來已經來了，而我卻選擇活在過去。

因爲對過去的重視，累積成堆疊的重量，更不敢輕易放手，擔心瞬間的失衡會跌入比沉重更沉重的洞穴裡，難以爬起。

初戀就是這樣結束的，我摔得好重，像個突然弱智而被海豹攻擊的北極熊，深深跌入冰洋裡，皮毛失去了禦寒的能力，凍川刺骨，碎裂過才知道這世界上沒有人能保護自己，就算是僞裝成北極熊也會失足，純白的雪地不是歸依，以愛之名都是假想的天使羽翼，貞節換來詐欺。

我默默繞行地球上的飛行據點，等待初戀男友當兵退伍，等待他取得法國藝術碩士，等待著兩個人手牽手的日子再度來臨，第一次談戀愛，什麼都給了他，他卻有著自己的祕密。我的工作班表成爲我們很難碰面的理由，留學歸國之後他不去應徵任何工作卻總有著忙碌的藉口，我期待他能來派遣中心接我下班，讓我偶爾也能享受被注目的虛榮，嬌羞地跟同事介紹說：「我男朋友來接我了……」。可是他從來沒有現身過，總是要我自己搭計程車去他住的地方。就像百分之九十九的愛情芭樂故事一樣，我是所有跟他有交集的人類當中，最後一個知道他早已另結新歡的白癡。那女孩聽說是在酒吧認識的，朋友繼續轉述，而且家裡很有錢，準備送給未來的女婿一棟房子。

愛情始於誘惑，終於疲累。

分手之後，我每一次出國都帶著《過於喧囂的孤獨》。有時候只是看著封面的文字，就會不知不覺地掉下眼淚。曾經有科學家做過實驗，收集人類看了感動的電影而掉下的眼淚，與切洋蔥時滴落的眼淚，分裝成兩個試管去化驗，結果檢驗出傷感的眼淚中含有兒茶胺酚成分，這是一種腎上腺素，但是切洋蔥的眼淚卻沒有兒茶胺酚。

原來眼淚也有眞假，哭泣的臉不一定是爲了眞情，偶爾也會演出假意。或者，我的眼淚也不是爲了自己而流，也許，只是爲了孤獨的緣故。因此說服自己學會遺忘，時時提醒，記憶是最不可靠的歷史，它不但不值得信賴，更甚者經常斷裂於生活而一無所獲。"The only thing we learn from history is that we learn nothing from history."黑格爾這句話是我十七歲的聖經，從此成爲信徒建構著虛無飄忽的記憶。種族、血統、省籍、地域，超過一百年之後全部沒有意義。

我是歷史的幽魂，卻依依不捨在遺忘的歷史中尋找僞眞的愛情。

大學好友艾美畢業後直接到美國留學，在新故鄉結婚生子，原本住在西雅圖，因爲工作的關係後來搬到了洛杉磯，我們便是在那時重新取得聯絡。她是森林系的學生，我們住在同一間寢室而熟識，她喜歡聽我說哲學的故事，雖然常常聽得一知半解，但是她會熱切地告訴我，她覺得哲學好有意義，我們不能一窩蜂只想拯救樹木，人生就是要有一些莊子才充實。

久別重逢，她開心地請我吃飯，原本只有我們兩個姊妹淘好好敘舊，卻因爲她的姑姑臨時來到西岸，也想與她會面，這個飯局就成爲了家族聚餐兼好友聚會。她說：「妳別擔心，我姑姑和姑丈都是好人。」

有時候我覺得艾美比我更適合念哲學系，因爲哲學二字的希臘原文是「熱愛智慧」，對於這個世界艾美經常有她獨創性的看法，雖然她偶爾也會開玩笑稱呼我philosopher。這個字彙對我而言太沉重也太美譽。我只是個在浮游人世間試圖存活的人，與philosopher追尋生命的至高意義相比，簡直是草履蟲遇到了人類，在進化的程度上是不堪比擬的。我曾經在一些哲學書籍中尋找自殺的眞相，結果發現哲學家會自殺的人非常少，中國哲學的老祖宗孔子亦說：「未知生，焉知死。」我常想，這有沒有可能是因爲他們熱愛智慧的自由意志超越了生命存在與否的價值，他們不會以終極手段結束自己的生命，他們在哲學的命題裡找到了更慈悲的救贖。

艾美的姑丈在飯局中一直好奇地凝望著我，剛開始我以爲那是專注聆聽的禮儀，後來我才感覺到他的眼光中有一股讓我參不透的神祕。我的職業訓練首先讓我將他歸類爲豬哥之徒那一流，但是他舉止優雅從容，談吐謙恭，沒有一字一句不禮貌的暗示，從行爲上實在很難與登徒子畫上等號。再加上他的年紀大我那麼多，至少超過二十歲吧！如果歲數已經超越知天命的男人還會這麼好色，我倒底是該恭維他旺盛的荷爾蒙還是青春永駐的心情？

——妳瞧，他們都是好人吧！

回到飯店的途中，艾美開心地定義她的親戚。她的姑姑與姑丈都是一九四九年之前在大陸出生，成長於台灣，青年至美國留學即定居於美利堅的名門之後，尤其她姑丈，是第一個領導生技公司在美國股票上市的華裔執行長，也曾經當選全美五十強優秀華人，更別提傑出校友、科學期刊榮譽會員等等資歷。

他是一個嚴謹的科學家。

科學家爲什麼會突然寫信給我？難道想改行當導遊或作家嗎？

熱心的艾美希望我們互相留下電郵地址，如果我飛紐約的時候也可以拜訪他們，多認識紐約不同的風景。艾美說我不能老是躲在飯店裡吃飛機上帶下來的麵包和果汁，應該多出去認識一下大蘋果。

她知道紐約的消費有多高嗎？買任何東西都要外加八點七七五%的銷售稅，在紐約小餐館的一頓餐錢可以在台北外食三天。我到了紐約總是走路，搭乘地鐵到時代廣場，以這裡爲中心，開始放射線的行腳與瀏覽櫥窗商品，紐約人走路僅次於香港快速，彷彿他們一整天都排滿了會議，與世界局勢緊緊交織纏綿，遲到了立即被淘汰而且無法呈現菁英效率。

如果不想太接近人群，就會去大都會博物館消磨一整天，來此之前必須經過中央公園，曾經有次我獨自漫步林間小徑腳踩秋天墜落的楓葉，發出陣陣枯脆聲響，那是落葉的心事，喚醒了我，抬頭時察覺滿地赤赭碩大的落葉與樹梢尚未凋零的片片金楓，鋪天蓋地縈繞在我四周彷彿沒入了畫裡，融化了異鄉漂泊的身世，因爲「碧雲天，黃葉地，秋色連波，波上寒煙翠」，一座小湖靜靜躺在樹林邊，有了范仲淹讓我不孤寂。

大都會博物館外，整排階梯是我一人下午茶的美好場域，一罐礦泉水，一個全麥餐包，我在這裡看著來來往往的人間身影，想像著他們的出發地，是非洲還是中亞？有沒有人來自吉里巴斯，一個即將被海洋吞噬的珊瑚礁島國，沉淪之前也要看一次大都會，留住人類文明的片刻光影。我最喜歡看到小朋友的觀摩旅行，他們總是會在手裡拿著一張夾著白色圖畫紙的墊板，單純地用顏色書寫記憶，孩童的世界不需要太多的語言與文字，那些形容詞都太瑣碎多餘，天眞有時候是一種執拗，只要告訴你，我現在是什麼顏色的，那就是我最眞實的心情。

我是黑色的。

他在第九次的來信中問我爲什麼總是穿著黑衣服？我沒有回答他，這不需要解釋，答案已經在顏色裡。

聖誕節前夕，他寄給我一首艾維斯普李斯萊的老歌〈Blue Christmas〉。

他說我是一個Gifted girl，有著一般人沒有的天賦，我應該好好珍惜這一切；他總是鼓勵我，暫時的挫折不是永恆，黎明前的黑暗最深沉，之後就是破曉陽光普照，所有的希望會再度降臨。他年輕的時候讀過莎士比亞大全集，很早就頓悟了人性。世界是如此殘酷，即使他是個受過嚴格訓練理性思考的科學家，也不得不折服於人間許多委屈，以及無法開口的不得已。

馬克白：熄滅了吧！熄滅了吧！短促的燭光。人生不過是走著的陰影，一個在舞台上比手畫腳的拙劣伶人。

他說他喜歡日本。

我去過的日本城市不多，最感動的地方是京都；我迷戀京都所有的一切，曾經幻想老了之後要去那兒定居。京都的古寺很多，我可以在任何一個寺廟庭園裡，靜靜坐整個下午。京都很淡，淡到如白開水，淡到他們最講究的京豆腐，嘗起來一點味道也沒有，這就是禪意；京都很濃，濃在文化的底蘊，是傳承自大唐王朝的生活細節，是讓我情怯又嚮往的古中國情懷。

他問我何時去東京或大阪？那時候我們已經通信一年多，我告訴他下個月的班表，我沒想到他會出現在那裡。

這是我們第二次見面，彷彿與熟悉的老友相約，卻因爲時光久遠而遺忘了對方的長相，微微的期待裡有更多的陌生。下著細雪的京都車站前，他穿著駝色大衣站在斑馬線的旁邊，表情嚴肅如出征未卜的戰士冷靜逡視每一個走出取票口的旅客，直到見著我的那一刻，他的眉毛鬆開，嘴角微微上揚，那是專屬於此刻的微笑，冷靜中帶著癡迷，是愛因斯坦的相對論遇到了淑女，是牛頓的萬有引力招來夏娃的蘋果，是哥白尼的天體運行論中發現了新彗星。

這是我第一次在白天看見他，比那天晚上更加老成與蒼涼，凝重的面容彷彿也背負了京都的千年歷史，讓我忍不住想跟他說，那是死人的過去，來到京都就要學習嵐山渡月橋，一年四季看盡最美麗的風景，逝者如斯，對於歷史不要太惋惜，還有人在繼續寫，長江後浪總會有人比我們具備更多磅礴的野心。

我們去了知恩院。我對這裡總有著莫名的感動，也許是因爲每次我來到京都經常遇著下雨，唯有在抵達知恩院的那一天會放晴，在如詩如畫的風景之中產生加倍的嚮往；或者因爲知恩院是日本淨土宗的發源地，而淨土宗講究精進功課，用心持咒，與禪宗的明心見性相比，顯得更爲苦勞修行。曾經，我跟一位法師談到我最喜歡京都的知恩院，她回應我：「妳不應該喜歡那兒，那兒是放死人的地方。」沒錯，知恩院裡是放了一對白棺木，那是爲了紀念當初建造這座寺廟時，因爲經費超出預期而內疚自殺的工頭夫婦。但是人生在世，本來就有一死，我們爲什麼要因此而恐懼？甚至遠離呢？所以，我依然保持著我對知恩院的美好回憶，期待有一天，我還能夠回到那裡，在它的大廳廊裡，靜靜坐著，讀完一本《楞嚴經》。

細雪的妝容只維持了幾分鐘，京都又恢復了蕭瑟古典的素顏。我穿了一件羽絨衣，那是在菜市場裡買的優惠品，攤位老闆直接承認因爲當初表布材質不理想，導致羽絨不斷滲出，所以被廠商退貨，才會拿到菜市場便宜賣！我猶豫了半天，還是買下了，因爲百分之九十的羽絨，輕薄保暖，雖然有可能導致氣喘發作，但那畫面也是美麗的！想像著包裹著我的羽絨衣裡的羽絨全部飄出的那一天，就像眼淚流光的那一天，我在我自己的雪地裡哭泣，淚珠幻化雪花，有時盡，無時不盡……。

我用卑微的代價換來持續的消弭，用持續的消弭建構永恆的人生。

——妳的羽絨衣一直飄出羽毛。

「丟了吧！」他說：「我買一件新的給妳。不要爲了省錢，傷了身體。」

我不富有，但是生活還可以。這是一件融化中的羽絨衣，決定買下這件衣服的時候已然明白這是必定會發生的宿命。

——妳相信命運嗎？

伊底帕斯若不是在柯佛斯三岔路口因爲情緒衝動誤殺了他的親生父親，不會繼續承擔弒父娶母的悲劇。

「是性格決定命運。」我堅定地說。

——我一直是個按照計畫做事的人，原本也不相信命運。

——嗯！……我是你計畫的一部分嗎？

他沉默半晌，眼睛望向前方，日式庭園中細石造景的枯山水，木築樓台，行走踏板之間接縫處隱約鶯鶯鳥語，冬日古禪寺沒有花香，只有時光靜謐，雲歸日西馳，殘照映晚冬。靜止的流沙凝結片刻光陰，無語，無情。我也望向了遠方。

——妳是我生命的一部分。

不要跟我說這些，我已經是一個沒有自己的人，我沒有我！

我只擁有一個靈魂，一個我小心翼翼地呵護不想被玷汙的靈魂。即使生命如此蒼涼，靈魂依然能夠自由遁逃！靈魂穿越古今，穿越肉體，穿越桎梏，穿越階級，穿越富貴貧窮，靈魂無敵，惟靈魂真正自由。我依藉著自由的靈魂而活，到生命中的最後一天都相信，惟自由的靈魂最純潔。

請不要讓我失去自由。

即使我在夢中也逃不走。

清醒時想很多很多事，睡覺時做很多很多夢。那天我夢到蔚藍大海從遠處漂來眾多的北極浮冰群，我站在置高山谷，以俯視的角度觀望著許多隻鯨魚在晶燦的海面跳躍翻身，浮冰追隨潮流航行進入大河川，嬉戲成群的大鯨魚不知道受限的空間將至，依然旋躍轉身為末日嘉年華伴舞，直到一隻鯨魚終於在岸邊擱淺；另外一條像是受到了警示，突然翻身成為一個碧綠螢光的透明體，消失在山的另一邊。我憂心忡忡地看著在我眼前漸漸閉上雙眼的大鯨魚，我想安慰它不要怕，但我說不出口，我只能來到它身邊，將頭倚靠在它的胸鰭，殘餘的濕濡海水浸入我的頭髮，滲進我的眼睛，略帶鹹味的溫暖液體滴落在我的雙唇，而我除了依偎著它靜靜地陪伴它之外什麼也不會做，不能做。

——你要拿什麼來換我的生命？

曾經他問過：為什麼最近都沒有看到妳在線上？我回答因為電腦老舊，開太多視窗容易當機。其實，眞正的答案卻是，曾經天天在線上等待，等待遙遠的朋友在美東時間的深夜，台灣的下午一點半之後上線，感覺雙方同時在線上的溫暖，或者那人會捎來一個訊息，同我講講話，雖然這樣的機會幾乎等於零。我欲罷不能的等啊等，等到有一天，發現這樣的等待是沒有結果的，也沒有意義的。於是關閉了線上通訊，也關閉了那份永無止盡的依戀。

曾經那人在離別的時候說：會再打電話。I'll call you!他說。於是又開始了另一場繼續等待，深夜不敢熟睡，也要將電話轉成震動，藏在枕頭底下，等待他的電話。等啊等啊，從春天等到了夏天，從夏天等到了秋天，等到重新拿出了那件上次與他相遇時所穿著的大衣，才明白這樣的等待是沒有意義的，是無奈的循環而已，於是我不再等待電話，也不再等待任何的訊息。

曾經他抄下電話號碼，在一張小紙條上。我把這張小紙條細心珍藏，放在筆記本的內頁裡，時常偷偷拿出來瞧。那人的筆跡娟秀整齊，讓人忍不住猜著這樣的線條透露著什麼樣的性格？幾乎每天拿起小紙條看一遍，看到簽字筆的墨漬逐漸溶解，也不敢打電話。於是，等到筆跡完全消逝的時候，又察覺了這樣的等待，只是走向消逝的時間之旅。

在電器行裡玩自拍，拍到了那人的肩膀，身體的三分之一，連耳朵也沒拍到，就是左邊的肩膀。同樣的，我又不斷的重複審閱這個畫面，如果再往旁邊傾斜一點點角度，也許就會拍下那人的側臉，也許可以保留他的影像，提醒自己這世界上有一個人，曾經靠得這麼近，卻又這麼遠。我將記憶藏在這張照片裡，每一次點閱都不是為了自己的笑容，而是那個只占據畫面五分之一的肩膀。猜想著那肩膀上承載著多少的壓力？總讓他在好不容易見面的時候，總是沉默不語。

因為他說他會搭乘某日的聯合航空班機離去，我又在網路上查詢了所有的航班，猜想著那人會從哪一個城市過境，在哪一個城市轉機，虛擬著那個城市是否風和日麗？或者暴風雨。而最終，所有城市的牽引，只為了回家的路。

而我，卻是最擅長迷路的。

三年多來徘徊在自己的飛航班表與他的商務旅行，只憑藉著語言與文字可以成就一份跨越國界的愛情嗎？最近的距離是告別時的美式擁抱，他每一次都捨不得放手。不放手也不能緊握，這就是迷路的本質，感覺已經離家這麼近，卻永遠是雙腳著地假裝振翼的陸上飛行。

——我不會成為你眞正的情人。

他點點頭，說：「那不重要。妳已經住在我心裡。」

是這句話讓我掉眼淚，我是個沒有家的人，而他竟願意讓我住在他的心底。

夏威夷淩晨三點，美東時間早上九點鐘，台北的夜間九點。我打開電腦，在臉書上閱覽朋友的動靜，有人剛剛去吃了麻辣鍋，也有人分享一部新電影。我的行李箱中有一本佛洛伊德的《論文明》，我並不是很喜歡這位精神分析大師，但是長途旅行時帶一本他的書可以讓自己有意識地避免因肉身幽禁在飯店裡而成爲神經病。佛氏的本我、自我、超我過去曾經是大學時代朗朗上口的標語，現在人生繞了半圈，經常性的時差讓我分不清楚今夕是何夕，晃蕩的生命組曲糾纏著本我慾求與自我需求還加上超我期許……。

那個超人的名字突然浮現在腦海裡。Super ego。他有沒有搞清楚Superman跟Superego是兩種完全不同的定義？

我打開了臉書，加入他這個新聯絡人。不到一秒鐘就收到了他的回應。

——是妳嗎？

他的照片是一粒擋住視線的網球，另外半邊臉，有著會笑的眼睛。

五、約會

五之一：他

大崙尾山的登山步道口有兩個，我們最常走的是舊靶場這一段的翠山步道。以前我經常和爸爸一起來散步，這段路的坡度較小，到了觀景台之後沒多久，有另一條岔出去的登山小路，地勢比較陡峭，稍微難爬了一些，但是可以繞到松鼠林一圈回來，全程約九十分鐘可以完成。如果時間多一些，則沿著碧溪步道再接產業道路，經過木造涼亭之後，順著石梯可以走到石頭厝，沿途經過小橋流水，綠蔭蓊鬱，即使在夏天的中午也不會感覺酷暑難耐，一路清涼，直到下山以後才會重新讓陽光拂拭一身熱汗，再沿著至善路走回去，這段路比較長，約有兩公里多，慢慢走需要三個小時。

如果肚子餓了，就在座落當地的小館吃個炒麵和青菜，我們這兩個男人不講究美味，能吃飽便行。因爲山上住久了，左鄰右舍都認識，經常在登山的時候遇到父親的老朋友或同事，原本只是兩個人的行旅，漸漸地擴大成爲三個人、四個人、七個人，到最後，去到館子裡常常圍坐一桌，讓店家以爲我們是登山社團成群結伴而來。

山上的社區自成一個小世界，沿著中社路漫步時，我們習慣與開車經過的公車駕駛揮手打招呼，我的某前任女友曾經好奇地問我：「你們彼此都認識嗎？」那個時候我還不是公車司機，我的娛樂就是打網球偶爾玩一下電動玩具，我喜歡帶女孩子來登山是因爲我眞的喜歡呼吸山上的空氣，而不是故意挑在深夜裡來這裡偷偷勾引初吻。人們常說山上很幽靜，其實完全不是這麼一回事，各種鳥類的叫聲都不一樣，青蛙松鼠夏蟬隨時輕奏和鳴，有時仔細聆聽風吹樹葉的婆娑搖曳，會把人的心情帶到無遠弗屆的海邊，一波接一波，仿若浪擊沙石退去時穿縫而過的迴音。我也喜歡海，可是女孩子到了海邊常常全身上下厚重包裹得像採蚵女，我們哥們兒幻想著跟一群穿著比基尼的女郎打沙灘排球的畫面，都是抄襲美國電影的劇情。現在的女孩兒到海邊都習慣搭乘四門或雙門轎車，我那台一五〇CC的機車可能會讓她們感覺更機車。

不知道這個空姐，會不會跟她們一樣機車。

我們約在雙溪國小後門見面，我所站的位置可以看清楚她到底住在哪一棟公寓。這邊離公車站牌有一段距離，大概要先走個十分鐘的上坡路，因爲所有的建築物都是依山而興建，往往要再爬幾十層露天的階梯才能抵達屬於自己的公寓，如果不幸住在三樓以上，連同之前爬過的階梯，大概等於住在五樓以上的高度。我家算是幸運的，當初抽籤的時候抽到一樓，又剛好是公車總站附近，一出門就是平地。早年政府沒在管公有面積，很多人占地為王把門前的空地改建成花園，後院拓展為儲藏室，這樣一弄讓原來的三十一坪變成了五十坪。有點錢的住戶再精心裝潢，透明觀景窗加上柚木地板，圍欄使用銅雕羅馬柱，無論外觀的氣派與內部的居住品質都不會比李登輝的翠山莊遜色到哪裡。

我看到她的背影，從八十三棟的三樓緩緩沿著樓梯蜿蜒而下。那是一件屬於早春的粉紅色棉質T恤，和一條同樣顏色的運動長褲，她把頭髮全部盤到後腦勺綁成了馬尾，一絡盪來盪去的黑髮在頭上像個飛鼠尾巴毛茸茸地眞想讓人拉一下試試會不會飛。

她靦腆一笑，為她的遲到說了一聲對不起。我覺得還可以，不過十五分鐘吧！比起我以前等過最久的女性，她的表現在合格的範圍之內。

因為她的粉紅色衣服，我彷彿也聞到了一陣陣花香，在翠山步道的入口，我跟她介紹了種植在兩旁的紅楠、杜英、青剛櫟、台灣欒樹和楊梅這些喬木植物的特性。她可能以為我是植物學專家，其實這是我昨天先來探勘地形，偷偷抄下樹木旁邊的說明，回去上網做功課才學到的新知識。我雖然從小到大生長在這裡，可是卻從來不關心這些樹木的日記，大自然是生活的一部分，它本來就在那裡，現在也在那裡，以後也不會長腳跑走，應該還是會在那裡。我們這群男孩子，會跟樹木唯一的接觸就是爬到樹上抓蜥蜴或是學〇〇七用ＢＢ槍打擊樹幹上白色粉筆畫出來的紅心。

——我高中的時候打靶第一名。

——我也是。

五七步槍，瞄準三百公尺外的人形靶，木托槍柄，很重，後座力強，但是夠重所以很好瞄準。

她說她記不清楚這些細節，但是記得每個人十發子彈，光是紅心她就擊中了八發。因爲她沒有近視。

——妳打桌球嗎？以前教練說，常打桌球的人不會近視，因爲要注意這麼小的球，視線會訓練得非常靈活。

她笑了，回應我：「可能會得斜視吧！如果常常要接住對方的殺球。」

我們站在號稱可以眺望台北小溪頭的景觀台上，山巒群起，下午三點鐘的太陽不算遲，有點像是條抒情歌，至於是哪一首？怎麼唱，我也說不清楚。我們在開車的時候規定不能聽歌也不能聽廣播，以前練球的時候滿腦子都是網球觸地的聲音，每一次砰砰砰的聲響，決定著球速與遠近，我的世界就是那一顆網球。

——你知道吉里巴斯這個國家嗎？

幸好我的世界裡還有電視，新聞裡轉述過吉里巴斯的第一道日出，那是世界的盡頭，全球唯一橫跨東西南北半球的國家，因爲海平面上升已經讓它消失了兩個島嶼，所有的珊瑚礁領土即將淹沒，吉里巴斯的總統已經準備向斐濟買地，成爲因全球暖化被迫離棄國土的第一個先例。

——有沒有想過淹水的時候怎麼辦？

——妳說的是台北市嗎？

二〇〇〇年的納莉颱風確實淹過一次大水，那時所有社區居民都沒辦法越過外雙溪橋去上班上學，但是因爲地勢高，社區完全沒有受到影響，只是像座孤島似的，在陽明山的邊陲聳立。那時候我確實曾經想過，萬一大水繼續淹上來，我要划著一艘船，駛向對面山巔的文化大學。

——爲什麼是文化大學？

——所有的地方都沉了，那裡大概是唯一剩下最有文化的地方了。

她微微一笑，山間清風吹亂了她的瀏海，露出光潔的額頭，原來她的臉雖小，卻是一張瓜子臉，尖尖的下巴，飽滿的額頭，我這才明白爲什麼說女人有張瓜子臉會很美麗，原來那種臉整張攤開來在你面前的時候，就像一粒倒過來看的瓜子，而且是去殼的瓜子，顏色像加蛋的奶酪還富含著微微的油脂。

「不過……」，她清清喉嚨：「大崙尾山的最高海拔有四百五十一公尺，比全國最高學府的文化大學四百一十公尺還要高出四十一公尺。如果世界末日的大洪水來臨，我會建議你不要浪費時間去划船，直接往山上跑，說不定還有機會遇見眞正屬於你的諾亞方舟。」

——瞧！我也有做功課。

她又是甜甜的一笑。這次我發現她的小臉上兩顆瞳孔，變成了阿婆鐵蛋的模樣，圓圓深深好像會滾到世界的盡頭，那兒卻早已經淹沒了，在我的地圖中淹沒了。

我們開始爬山，我擔心她體力不支，選了腳程比較短的松鼠林方向。她問我爲什麼叫做松鼠林，有什麼典故？一個常常有很多松鼠在一起的樹林，當然叫做松鼠林，還有什麼比這個更好的稱呼嗎？難道應該是黑熊林？還是蝙蝠林？她說她只是好奇，沒有別的意思，她只是想起了赫曼赫塞的《提契諾之歌》和梭羅的《湖濱散記》或恰佩克的《祕密花園》，沒別的意思。

她的沒別的意思在我聽起來眞有意思，那麼多的書名，除了《湖濱散記》被列爲高中必讀課外書之外，其他兩本則是一點印象也沒有。德國作家赫曼赫塞，我讀過他的名著《悉達求道記》，至於恰佩克？這個名字很陌生，不過聽起來像是歐洲人，特別是中歐。她很快地回應我：「你怎麼知道？恰佩克確實是捷克作家。」

開玩笑，我從小到大學科分數拿最高的就是英文，我就是喜歡模仿電視機裡面的洋人說些怪腔怪調，也許因爲從小網球教練的嚴格要求，許多網球術語都是直接講英文，也經常觀摩世界各地的比賽，裁判講評聽多了，大概可以分得出來現在是那一個國家的球季。要不然我怎麼可以保送建中？甚至，還有機會念台大外文系。我們靠體育推甄入學的，要看各大學有沒有開放科系，那一年，剛好台大外文系有一個名額給體育類網球專長項目，因爲是體育專長推薦甄試，將來入學之後，學科的要求門檻也比較低，一般生一定要六十分以上才及格，但是聽說我們這種特殊學生，可以放寬到四十分以上就算及格。

——我差一點變成妳同學。

她用驚異的眼神看著我。糟糕！我忘記了她從還沒有親口跟我說她是台大哲學系畢業的。

——這個……，我聽車上的乘客說，我們山上出現了一個台大畢業的空姐……。

她低下頭繼續爬山，沒有做回應。我本來以爲我很神氣，畢竟我確實曾經有資格念台大外文系，只是擦肩而過。

那種擦肩的距離，大概也就像是現在的我和她之間，一前一後，在一些陡峭的坡路上，爲了攀住支撐平衡的同一棵樹枝而這麼接近，甚至手指頭還會不小心先後觸碰在一起；一旦進入了平坦的泥土地，她體態輕盈健步流利像是小粉蝶悠然盤旋在姑婆芋與大葉楠、茄苳、相思樹之間，似眞還虛，如入夢境，唯一證明她還是人類的依據來自於呼吸，一陣一陣深沉的哼哼聲從她的氣管中釋放出，那通常是運動選手經過劇烈的體能訓練後，用鼻子吸氣喉嚨吐氣的專業訓練。她哼哼起來的韻律顯然有著流暢的肺活量，還有另一種，我也說不出來，非常屬於女性的音頻，從空氣間串串飄過，像是令人著魔的山鬼，情豔而疏離。

我讓她走在我前面，萬一她不小心摔倒或滑倒了，我在後面還可以保護她。但是我發現我根本沒有機會，如果不是她的身材太瘦小，我會認眞質疑她發達的運動神經，是不是曾經受過專業的攀岩訓練？或是參加過山路競走的體能開發社團。

而且她常常在我的視線正在認眞關注她的身體，擔心著她會不會因爲體態過於纖弱，而被樹枝絆倒或踩空階梯跌落的時候，那張小小的瓜子臉會突然轉過頭來，直視我的眼睛，問我很奇妙的問題，比方說：「你有沒有發現山上除了樹多、鳥多、居民多，還有什麼最多？」

這是百萬小學堂的有獎競答嗎？我不假思索地回答她：「土地公廟最多。」

她又嫣然一笑。

可不可以不要再笑了。體育選手出身的我，在海拔不到四百公尺的高山上，竟像是罹患了高山症，全身無力，心跳加速，頭暈目眩，意識混淆，幾度出現幻覺，想像著她跌倒的時候，我該從哪裡將她救起？是先接住她的頭還是肩頸？扶著腰還是手臂？如果我也失去了重心，兩個人一起滾到山坡下，我會不會壓斷她的頸椎；還是我們會變成麻花，緊緊地纏繞在一起。

她說確實，從中社路到至善路，總共有四個土地公廟，靠近故宮博物院的那座金身土地公最華麗；山頂上的廟宇面積最大神像最樸實；派出所那一尊香火鼎盛；她唯一還沒有去拜過的是靠近雙溪別墅站牌哪一座。每次公車經過時，她會習慣性的雙手合十，朝土地公廟三拜，這座土地公廟旁邊還有一間祠堂，裡面經常供奉鮮花水果，中秋節有應景的文旦，過年時會出現大吉大利的金桔，常態性的白色香水百合素雅而寧靜，那是宗族子孫愼終追遠的孝道傳承。她常常想，這間祠堂的主人家教眞好，後世晚輩都會記得來打掃祖先的祠堂，獻上鮮花。好幾次她想來祠堂看一看這家人姓什麼？是不是本地的仕紳人士？然而這個想法總是因爲沒有特殊的理由在那一站下車而作罷，行車倉促，每一次她側頭專注俯視想認清姓氏，卻因爲碑牌上的字太小，始終看不清楚。

——應該是姓田的家族吧！

——說不定不是。也許姓「由」或姓「苗」，多了一豎或是一個草字頭。妳沒有看清楚。

她第一次對我嘟嘴，表示抗議。土地公啊！我剛才只是祈求您不要讓她再笑了，可沒說請更換一個更具誘惑力的表情啊！

我說要不然我帶她實地去驗證這個假設是否爲眞好了，我騎摩托車，到哪裡都很方便。

——順便一起吃個晚飯吧！

松鼠林裡的松鼠上上下下竄個不停，我假裝學著松鼠叫，其實我也不知道松鼠怎麼叫，就是噘起嘴喀吱喀吱個不停，發出那種非人類的溝通頻率，然後伸出手，握著早上削蘋果的時候剩下的果核，淡淡的果香溢出，蘋果眞是個好水果，看起來漂亮，吃起來健康，還能誘惑茹素的松鼠想來咬一口。

我出門的時候已經幫父親準備好了晚餐，跟他說我今天休假約了朋友會晚一點回來。這並不代表著我有預謀要留她到晚上，而是，我猜想應該會順其自然的一起去吃個飯吧！如果，她不嫌棄我這個公車司機；如果，她也覺得一個人吃飯是件很無聊的事情。而且，不要再吃燕麥片和太空人食物了吧，我做的咖哩雞可能都會比她的十全大補營養劑好吃。

她點頭默許，陽光漸漸沉沒在大崙尾山巔，我突然想起剛開始爬山的時候，在舊靶場旁邊的枕木步道，遠遠望見了淡水河上方所謂的觀音光束，就是太陽光被雲朵分層遮掩，從高空投射下一束一束類似池中蓮華雨中曼陀寶華嚴身琉璃法相之尊。以前有人形容過那是觀世音菩薩的慈悲彩光，其實按照科學解釋就是太陽光被車輪般的雲層給分割了，才會形成光柱，由上而下照耀在普世大地。但是此刻不知為何，當她答應跟我一起吃晚餐，竟讓我第一次對這樣的光束充滿了萬分感動，彷彿那是一種玄妙而神聖的預言，在我跟她約會的第一天。

是約會嗎？我已經三年多沒有正常的跟一個女孩子講話，車上的阿嬤大嬸還有年輕的女學生都不是我的菜，偶爾也會有一些高中女生刻意找話題跟我聊天，我也都裝傻裝白癡就差沒有歪著頭流口水讓她們退避三舍。拜託，我的年紀已經可以做她們的大叔了！幫幫忙，兔子不吃窩邊草。我是個有格調的公車駕駛。

她不算窩邊草，她說她才剛剛搬到山上一年多，按照我們這裡的說法，是新住民，不是原住民。

她每次聽我講話都會笑，露出可愛的小虎牙。我很想問她到底幾歲？為什麼有時候看起來那麼蒼老有時候又那麼孩子氣？但是我雖然三年沒有正常的男女關係，可我也知道冒昧詢問女人的年齡可是犯了兵家大忌，如果我自私地滿足了我的好奇心，很可能我這一輩子都不要想再約她去爬山，更別提帶著她進入黑黑又緊緊坐在隔壁的電影院裡看電影。

——你好可愛。

我的義大利麵差點沒有從鼻孔噴出來。可愛？上次我聽到這個形容詞，應該是小學的畢業典禮。我得到了市長獎，卻因爲莫名其妙的想要帥或調皮不守規矩跑步上階梯，結果在司令台上摔了個狗吃屎，重新站起時渾然不覺兩行鼻血滑落人中，當場搏得驚呼與掌聲，我以爲是自己翻滾的動作很優美，還揮起了手臂向大家道謝示意。我爸爸和媽媽尷尬得不知道該說些什麼，倒是校長輕鬆地解釋：「沒關係，他很可愛。」

從此以後我發誓不再做「可愛」的事情，直到今天，我到底說了什麼讓她覺得我好可愛？

——我從來沒有遇到過，像你這麼樂觀的人。

這下我恍然大悟，原來樂觀與可愛是可以畫上等號的。既然她做了如此的定義，基於欣賞她的原因，我也必須接受我很可愛又樂觀的事實。只是，我希望以後，我還可以聽到，再多一點，不要那麼「娘」的讚美句。

那天夜裡我騎著機車載她回山上，才剛剛過了大經橋就開始飄雨。她坐在我的身後用手指頭輕輕捉住我的襯衫，所謂纖纖玉指大概就是這種在我的衣服邊緣磨蹭的柔細，她雖然跨坐在我後方，但是我們之間的距離應該還可以再放一罐可樂寶特瓶，如此空蕩地灌進風，還有雨。我問她要不要穿雨衣？她說沒關係。只有這一次我跟她最接近，為了要讓我聽到她的聲音，她非常靠近我的耳朵，近到我的耳膜可以接收到她溫暖的呼氣。我很心疼她只能坐在我的摩托車上跟著我受淒風苦雨，這麼美麗優雅的空姐，理應有紳士般的男人開車接送她上下班，如果那男人夠愛她，應該連半夜三更或是大清早都會定鬧鐘去任何地方，只要能確認她平安回到家。

到了雙溪國小後門口，雨已經停了，月亮突然從雲層裡破出，今天是滿月，暈黃的月光渲染著離別的情緒，地上尚存濕漉漉的水漬，我接過她脫下的安全帽，囑咐她走路要小心。我說：「妳住三樓，還要先爬一段階梯，行李這麼重怎麼扛上去？」

——我很少買東西。

——如果需要我幫忙，隨時可以打電話給我。

她又笑了，月亮照著她蒼白的臉，剎那間我以為她跟我一樣感傷於分離，五秒鐘之後才強自鎮定，自我解嘲我可能不只有高山症，還要去檢查一下是不是有妄想症。

——謝謝你！今天很快樂。

這時候那孩子氣的笑容又出現了，讓我相信這是真的。今天，我們共度的登山與晚餐時光，她很快樂。

五之二：她

他怎麼這麼可愛，穿著襯衫來爬山，擺明了就是節目還有後半段。藍白細條紋棉質襯衫，卡其休閒短褲，低筒白襪白球鞋，他的穿著好像是在星空璀璨的夏日夜晚要去俱樂部品紅酒，而不是前往蚊蟲紛擾粗枝散葉的泥土地裡開疆闢路。他總是刻意遙望遠方或變身松鼠般裝作滑稽自在，可是每一次我回頭向他說話時都會發現他的眼睛，不知道從什麼時候就開始守候的眼睛，亙古而且清晰。

山裡面有草的味道，屬於野性不羈的香，揪枝纏綿於交錯的梗葉之間，飄送出一片蒼綠的嗅覺，灼光微微，澗映石壁，還有大樹庇蔭著；采采榮木，于茲託根，繁華朝起，慨暮不存。

黃昏之後還是山嗎？只恐夜禪山更寂。

我唯一擁有的是此刻，青青午後的植物像是剛剛補眠似的慵懶舒展著四肢，一切都是這麼寧靜，綠色大地秀轉清流，煦煦陽光照耀逍遙桃源，彷彿只要等待一陣風，萬物就會甦醒，模擬出人的聲音說一句：「啊！你也在這裡。」

他的眼睛，幾乎是這句話的縮影。

如果這個城市沉沒，他要划船去最有文化的地方。

一個會打網球的公車司機，在世界的盡頭尋找文明。

他的身上有著清爽的男孩香，光潔整齊的襯衫裡散發出淡淡的洗衣精香味，來自棉絮裡的乾淨，即使連汗水都像露珠，點點滴滴流淌過他的兩鬢與耳垂之際，在他古銅色的肌膚上，光燦如水晶。我喜歡看他肩膀的線條，與脖子之間形成了完美的弧度，彷若米開朗基羅的大衛雕像，四點三公尺高的純白色大理石，矗立在義大利佛羅倫斯學院藝廊的地標，赤裸的以色列王出征前坦然的肉身肌理，米開朗基羅以詩人的靈魂刻劃了英雄的姿態。

那天吃完晚飯後山間飄起了細雨，在自強隧道之前的夜空卻是晴朗無雲。他咀嚼食物的時候不會說話，刀叉使用完畢會規矩的放在盤子兩旁，坐姿端正，眼神專心聆聽我的語言，縱然有時候我覺得我說話的內容一點意義都沒有，可是他聽得如此津津有味，彷彿正在看一場迪士尼的幻想電影。

迪士尼樂園節目固定結束於煙火，最後的十五分鐘，繽紛華麗，滿天星星，剎那間以爲夢境即是生命，直到最後一束火花流逝於天際，離散的人群才是眞實，滿地螻蟻。

我每次看完迪士尼煙火，都會掉眼淚。

——明天的迪士尼還會開門，不是嗎？再來看一次煙火，再捉住一次短暫的永恆。後天的迪士尼還會開門，大後天也會開門，每天都是一個新的機會。

這是永劫回歸！

他笑笑回應：「這是思考致富聖經。」

任何事情對他而言，彷彿雲淡風輕，總能用一個簡單的公式戳破了我繁複的祕語。公車駕駛繞行既定路線看遍的圓周率，回到出發地，像是拓樸學結構的墨比烏斯紐帶，旋轉一百八十度黏合的圓圈圈，從中間切割之後並非一刀兩斷，也不是躺下來的八字形，而是成爲擴大的圓，再切割再成爲擴大的圓，唯一的迷惑是正面變成了反面，反面亦是正面。

原本我以爲是原生家庭帶給他旺盛的能量與意志力，後來才發現，童年即存在卻消失的姊姊，十七歲時母親因糖尿病加上憂鬱症，忘記服藥而猝死在客廳。他陽光的笑臉背後是看不見的風霜，應該有條傷痕烙印在心底。他爲什麼可以這麼堅強地活下去？

霏霏細雨，沿著雙溪飄落，深夜裡的樹影比天空還要黑，蒼穹明朗，月在山外，他的溫度貼在我的前襟，我跨坐在他後面的時候碰到了他的身體，肌肉結實的腹肌，這是身體之間最近的一次距離，其它時間是兩顆包裹著安全帽的頭顱，說話太費力氣，乾脆保持安靜。

他騎車很慢，慢到讓人忘記了我們暫時寄居在挪動的交通工具，彷彿只是單細胞生物在經歷人世間的游移。微風拂著我的臉龐，輕輕低喃著我也無法解釋的絮語。他曾經在我沉睡的時候叫醒我下車；深夜裡不願意就寢只爲了等待我在遙遠的異國電腦連線，他的暱稱叫做Superego，根本就像是惡作劇；但是他眞心做嚮導帶我去登山，行前惡補了一番植物學知識，說得零零亂亂不如巧遇一隻藍鵲飛越天際，驚喜地指著那隻飛鳥興奮地跟我說：「快看！藍鵲。這種鳥很漂亮，但是很凶。我被牠咬過。」他說他推甄上了台大外文系，雖然他很喜歡王文興，也會讀英文小說，但是仔細想想，即使他們這種體育績優生平均四十分就可以從台大畢業，但是人生只是爲了一張台大的文憑嗎？他最愛的是網球，愛到一天不拿起球拍聽到網球落地的聲音就會睡不著。雖然打網球可以打出什麼樣的前途他也無法掌握，可是一想到只要能繼續打球他就像是追到了全世界最聰明美麗的女人當女朋友！喔！他說這個比喻不太好，他的意思只是非常非常喜歡天天在球場上流盡滿身臭汗去追那一顆永遠無法掌握的圓球。

摩托車緩緩經過雙溪別墅，他帶我看清楚那間祠堂的主人是田家姓氏，不是他故意開玩笑的由或苗；他穩健地控制著方向，爲我擋風擋雨擋塵沙，髮際傳來濡濕的體味，如月光清涼，男孩子的天眞男人的身軀，我好想伸出手摟著他的腰際，依偎在他的背脊，感受他身體的熱度，屬於人的溫暖，不是瓦斯爐上燉煮稀飯的火光，也不是冬天裡的電暖爐。我幾乎又要睡著了，在他堅實的肉身背後，短暫而安詳的旅程。剎那間我回憶起那隻擱淺的鯨魚，爲何夢了這麼久，我還是無能爲力。

——鯨魚有世界上最大的陰莖。

他每一次都會逗我笑，然後在球場上表演了一個側空翻。接著又撿起一顆球，繼續對著牆壁打，從來不漏失一顆任何角度回擊的網球，即使他的對手已經淪落爲牆壁。

我相信他絕對是熱愛打網球的。明明說好這天是我的第一堂網球課，他卻在教會我如何手握球柄揮出正確的正手拍姿勢之後，就要我先對空揮拍五百下再來繼續練習。然後他開始自己對著牆壁打，時而皺眉時而喘氣時而歡呼，彷彿愛迪生發明了電燈讓全世界都光明的那一刻，自我感覺良好的喊出一聲：Yes!他對著牆壁專注凝視好像那兒隱藏著一個強勁的幽靈對手，又像是星際大戰第一集路克遇到了已經死去的絕地武士歐比旺，用原力現形指引二十一世紀的網球新戰技。他揮拍如翼揮汗如雨，完全忘記了我這個在場邊孤獨對空振臂的單翅蒼蠅。

等到他想起我的時候，天色已近黃昏，夜來襲。他可能是精力耗盡，完全忘記了我們今天相約的主要目的，只跟我說了一句：「我肚子餓了。走，我請妳吃大餐。」

他說他一個月只能有四天休假，自選兩天固定在週末，一天是平常日，另外一天由站長安排。

——如果需要幫忙抬大行李，早點跟我說，我可以等妳。

我把班表給他看，他點點頭沒有多說什麼，將紙張的對角合併，整齊流利的摺起來收在皮夾裡。下個星期溫哥華直飛台北在清早五點降落的班機，六點多搭計程車在明溪街下車，已經看到他站在那裡，又是一身白色的Polo衫與運動褲，雙手輕鬆插在褲腰的口袋中，靜靜地佇立，薄光晨曦中，像教堂屋簷雕刻的天使，翩然降臨。

——我幫妳把大皮箱抬上去吧。

一個晚上沒睡的我，眼皮已經疲累到睜不開的程度，撐著殘餘的體力，將人與行李拖到家附近。他就這樣出現，精神奕奕，就像每一次我見到他的樣子，總是這樣像陽光一樣乾淨。我不知道該怎麼回答他，這個時候如果太客氣，也就太虛偽了。

他謹慎小心地幫我抬行李，沒有碰撞出任何聲音，先是走一段門外的階梯，抵達公寓一樓時默默無語等待我從零亂的皮包裡找出鑰匙，開了大門，一步一步走上三樓。到了家門口，我突然有一點尷尬，等一會兒開了門，我要不要請他進去呢？我顧慮的不是客廳有沒有整理，而是，只有我跟他，兩個人，又是孤男寡女，這時候義正詞嚴的說我倆是哥們兒會不會太遲？如果他也跟我一樣猶豫，我倒底該不該暗示，或是清楚地拒絕，像他這樣一個正常的男人，像我這樣正常的女人，應該期待發生的某種肥皂劇。

他站在門口，安靜地等著我開門，就站在我的後面，相距不到半公尺，我聽到他深沉的呼吸，從胸膛呼出的喘氣，雄渾而安靜，一點一點釋出，壓抑中充滿激情。也許只有幾秒鐘的時間，我用熬夜之後僅存的意志力努力保持清醒，身體是遠行之後的疲累，心情卻像是剛剛準備好要出國旅遊般雀躍，矛盾又複雜的情緒讓我覺得這幾秒鐘的光陰比一趟十二小時的飛行還要漫長，如果我順利開了門，如果他順勢開了口……。

——我把大皮箱放在這裡，不幫妳拿進去了。我還要上班，不好意思。

我回頭看著他的笑容，突然覺得自己像個傻子。我希望他不要看見我臉頰的通紅，這種尷尬讓我像隻火烤明蝦一路從耳朵燒到下巴又熱到胸口。我點點頭，跟他說謝謝。

他不是我想像的那種人，完全不是。

我在陽台上看著他離去，他走下階梯之後回頭望向我家的窗戶，應該是看見了我的身影，遠遠地對著我揮手，轉身繼續踏著他輕快的步伐，漸漸走遠。下次見面我要怎麼跟他解釋，我的好兄弟！他比我小了好幾歲，這不是我要的愛情。

客廳裡擺著父親的所有遺物，跟他走的時候完全一樣，整排的書櫃藏書，茶几上專門用來閱報的檯燈，他的老花眼鏡，還有一個茶杯。那茶杯我洗乾淨之後就一直放在同樣的地方，想像著父親如果沒有走，每天早晨起來的第一件事，就是泡杯烏龍茶，接著開始看報紙。我不敢邀請朋友來我的家裡，雖然我有一扇非常美麗的觀景窗，窗外是一株數十年的老樟樹，枝葉繁茂，終年翠綠，當陽光灑落，會讓所有習慣在城市裡居住的人們以爲走進了畫裡。

我獨自擁有這幅畫，以爲可以再添幾筆，就成了全家福。爸爸願意從天堂來看我，媽媽願意放棄她的生意，妹妹願意回家。還有那位總是在遠方的朋友，他每一次都寫信鼓勵我，卻從來不透露他的行跡。只有一次在飯店的咖啡廳裡，遠方的朋友說了一個故事。

他在紐約的家裡有個後花園，整片草地。曾經他非常思念一個人，便獨自走到後院，挖了一個洞，對著洞穴呼喚：「Jenny，我好喜歡妳。」然後將洞填平，裝作這件事從來沒有發生過。沒想到隔年，春風吹又生的雜草叢起，因爲雨水的灌溉讓草地異常肥沃，蕭蕭芒草竟然長得有半個人高，當陣風吹來，草葉之間的瑟瑟婆娑竟像是天籟呼嘯回應著：「Jenny，我好喜歡妳。」

我知道他改編了安徒生《國王的驢耳朵》的故事，一個終身處在實驗室的科學家，這是他除了莎士比亞之外最大的愛情想像力。他的父親曾經是軍區司令，當年所有的權貴子弟都直接坐頭等艙到美國遠離兵役，只有他被丟在外島槍林彈雨，某次水鬼來襲的深夜，他親眼見到同僚被割斷了喉嚨躺在沙灘上奄奄一息。

生活始終是殘酷的，有沒有愛情或想像力都要活下去。他從退伍之後訓練自己成為一個無感的人，這個世界上連最親愛的父親都不願意保護自己，還有什麼是可以依靠的？只有一條命，拚死拚活也要出人頭地。

——然而出人頭地之後為什麼更感覺生命的空虛？直到遇見妳。

飯店的夜景可以眺望一○一，頂樓的LED光束播放著金錢置入的跑馬燈廣告，某某某，新年快樂！某某某，我愛你天長地久。片刻的永恆，以海平面五百零九公尺的高度昭告眾人，關於他們的願望與傾慕。花多少錢可以買到三分鐘的告白？愛情的消費市場，說一句我愛你都要依賴資本主義。我用一杯咖啡的時間，販賣光陰聆聽他的心情。三年多來持續不斷地寫信，用他擅長的英文輸入法，敘述著他願意傾訴的故事，總是用二分之一的篇幅讚美我勉勵我，人生的挫折是短暫的陰影，一定要勇敢地活著等待屬於自己的破曉黎明；另外二分之一透露著孤獨修行者的背影。婚姻是政治工具，他直到四十歲才妥協，選了一個最乖巧的女人，安靜地配合演出情感默劇。莎士比亞會寫馬克白，也能寫出羅密歐與茱麗葉，最邪惡與最純潔，最殘忍與最眞實，無情有情，都是掙扎。舞台劇不看到最後一幕不知道會不會掉眼淚，人生沒有走到最後一步不明白會不會恍然大悟。

——To be or not to be……

一直很努力讓自己活得正直，到最後卻發現正直是這世間最廉價的東西。因爲不斷地猶豫徘徊，彷彿處於某種精神分裂的生活。我好想跟過去做個完全的切割，像是利刃剪斷布匹似的，再也無法復合。但人生豈止一塊布匹，人生是流水。

——我開公車途中最有趣的一件事，就是每次回程的時候經過外雙溪橋，已經離開了橋面，開始走山路，再也見不到溪水，可是公家單位就在緊緊貼著山壁的旁邊，樹立了一座明顯的告示牌，寫著斗大的字體：「禁止游泳」。

——明明已經沒有水，還需要禁止游泳嗎？眞想要去溪裡面玩水的人，應該也不會往山上走，才能發現這塊警示標語。

——後來我特別仔細看，原來這座警示牌是有意義的，因爲在雜草叢生的山腰邊，確實有一條小小的排水圳，非常小，深度大概只到我的小腿，如果硬要坐在圳邊泡腳，寬度剛好頂到我的膝蓋。

——想要親近水的人，看過了外雙溪的風景，還會願意來灌溉溝圳游泳嗎？

Superego！我終於明白他為什麼要取這個名字。他也許是故意的，但絕對不是惡作劇。

我們見面的時間愈來愈多了，有時候我不上班，就陪著他在台北市的邊陲環繞旅行。我會坐在駕駛座後面第一排的位置，靠窗，假裝欣賞風景。從中央社區出發的人幾乎都在大直捷運站下車，再接送一些通北社區的婦孺們回家。循環的路線，乘客來來去去，我聽著他抵達站牌的廣播，他的聲音充滿朝氣而且有磁性，是一口標準的國語，發音字正腔圓，如果他願意當老師，光是聽著他說話，應該會是一個很有魅力的老師。有時候只剩下我跟他兩個人，我會拿起他的麥克風，玩弄他的車上廣播，在飛機上我也經常廣播，中英文都說得很流利，唯一的遺憾是台語不太行，經常把高雄小港機場說成小卷機場。

——各位旅客，歡迎您搭乘R55客運，本班次由中央社區出發，沿途經過大崙尾山、雙溪國小、故宮博物院。本公司非常感謝您的搭乘，並祝福您有美好的一天。我們即將抵達下一個目的地：瓦憂瓦憂島。

六、困境

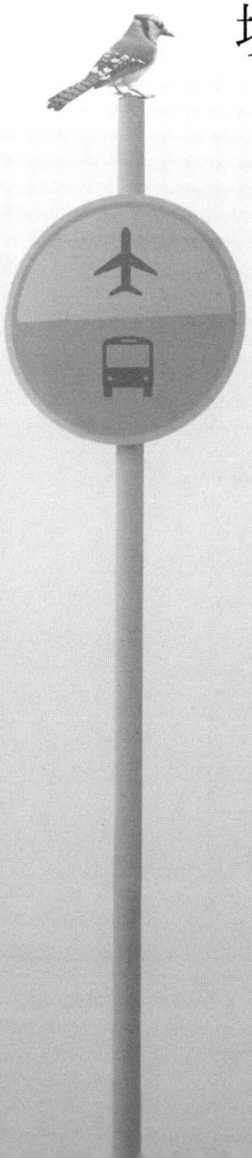

六之一：他

瓦憂瓦憂島？

她那時在公車裡跟我聊天，稱讚我的車上廣播做得還不錯，說話很清楚，聲音又好聽。這是她第一次除了「可愛」之外對我的肯定，讓我一路上感覺眞開心。經過翠山公園旁，我跟她說，這兒的樹林裡有很多藍鵲，我小時候就是在這邊打鳥被藍鵲咬。她說藍鵲是台灣國寶，而且是一種有著強烈保護窩巢的鳥類，我怎麼這麼沒知識要去打藍鵲？我回答她，我雖然很調皮但是上課還是會專心，藍鵲不但是國寶，也是全世界票選第一名最能夠代表台灣的鳥類，可以說是台灣之光。我的本意不是打藍鵲，而是打麻雀。怎麼知道沒打到麻雀反而激怒了藍鵲，碩大的身影咻地飛下來亂糟糟狂啄我的頭髮和手臂，我們一群人驚奔到土地公廟才躲過牠的憤怒。

——下一站，中央站。

她就是在抵達這一站時說我的廣播很好聽，有條有理，不疾不徐。這時候車上的乘客愈來愈多，她又恢復靜默不語的本領，我本來以爲她會溜到她最熟悉的位置去坐，倒數第二排右邊靠窗的雙人座。我曾經問過她上車之後爲什麼每一次都坐在右邊？她回應我：「因爲我是右派分子。」

可是她現在坐在我的後方，是車廂的左邊。

有時候我從照後鏡偷看她，有好幾次我發現她也在看我，從照後鏡中我們四目交望。

回程的時候在故宮博物院乘客全部下車，車廂中只剩下我跟她，她很好奇我的廣播設備，直盯著我左方那根黑色的長條麥克風。她說她們在飛機上做廣播，是從牆壁上拿起一個用線圈連結像手機一樣的麥克風，一打開之後所有的電影與視訊娛樂節目都會中止，全飛機的人必須專心聆聽機上的訊息。我說我們做廣播的設備很簡單，就是這一條長管子上這顆鳥蛋大小，用黑色海綿罩住的麥克風，因爲時時刻刻到站時都要準備廣播，所以開關經常是打開的，不講話的時候就推過去一點，要講話的時候就拉過來一點。

她從我背後伸出手拉一拉這根麥克風。

「你這根眞的很長。」她說。

——對啊！我也覺得我這根特別長。

不知道爲什麼說完之後突然有點尷尬，明明我們的主題是麥克風。

「試音試音，麥克風試音。」她在我耳邊小聲地說。

駕駛座後方，肩膀以上的高度有一個透明壓克力板，可能是用來阻擋不小心摔跤的乘客掉到駕駛座裡造成緊張。我小時候跟爸爸一起坐交通車去市區，那時候車廂沒這麼先進，我經常坐在司機後方的座位上，偷拔駕駛伯伯的白頭髮。所以我猜想這個壓克力板也有可能是爲了預防像我這種小孩所設計的。然而這個壓克力板的旁邊還有空隙，我看到她好像很想把頭鑽進來更靠近麥克風以便玩耍廣播。

——我的頭很小，應該可以鑽進去。

——妳不要像網路上有人不信邪，用嘴巴去塞電燈泡。我告訴妳，電燈泡塞進嘴裡眞的拔不出來。我們以前就試過。

這句話一說出來，她睜大了眼睛，盯著我瞧。

——後來呢？

——後來去醫院啊！那個人不是我，但是我們全部都被大人狠狠罵了一頓。

就在這個時候，她終於順利捉住了麥克風，而且做了一段很奇異的廣播。

瓦憂瓦憂島。

她微笑而澹止，看著我，照後鏡中她的眼睛盈光若水，揪揪不語，我再也不敢抬頭看照後鏡，專心注意前方駕馭這輛大公車。

沿途她沒有再說話，我也不知道該說什麼，因爲我的角度要轉過頭去跟她講話非常困難，可能需要像希臘神話中的蛇髮妖女美杜莎一樣具備一百八十度的轉頭本領。她在我被藍鵲咬過的翠山站下了車，那一站在土地公廟旁邊，我不知道她爲什麼要在這一站下車，我很好奇，可是我不會詢問她理由。

如果是全天候的正常班，一天要開十趟車次的來回，每趟來回二十一點五公里，一趟需時六十分鐘。也就是說，如果從早上六點半算起，扣除掉中午的用餐時間，這樣來來回回也要開到傍晚六點左右才能下班。她從下午開始跟著我一起乘車，這已經是第三趟了。她說她小時候的夢想是當一個車掌小姐，也許這也是另一種圓夢的方式吧！縱然我覺得她現在成爲空中小姐更神氣。

或者每個人都有一個無法實現的童年夢想，有時候我跟好朋友在一起也會聊到關於童年夢想的種種，嚴格說起來我的夢想已經實現了，那就是成爲一個網球國手。我的哥們兒，那個國文老師，他每次都說他胸無大志，今生只想娶一個天眞無邪的女人當老婆，雖然目前跟我一樣還是個光棍，但是他多多少少離他的夢想算是很接近了，因爲他現在在國中教書，每天都會遇到天眞無邪的青春少女。

下一班車出發之後，她在同樣的地方上車。我問她剛才去哪兒？她說她去拜土地公。

就這樣陪著我繞圈圈，好玩嗎？我很想開口問她，又覺得這樣的問題很不禮貌。我猜她應該是覺得好玩，才會這樣意猶未盡地陪著我，一趟又一趟，來回於大崙尾山與大直市區之間。她不用去約會嗎？像她這麼漂亮的女生，應該會受到很多男士的追求，就算飛機上沒有主動出擊的豬哥，也會有朋友的朋友可以互相介紹認識。我曾經交往過的女友都是朋友的朋友介紹認識的，一群人玩在一起，有感覺的就自然而然地愈走愈近，沒感覺了就自然而然愈走愈遠。我談過幾次戀愛，她們很樂意在球場上爲我加油，倒是沒有出現過一個願意陪我坐公車，而且是在我上班的時候。

她到底躲在我的背後看什麼？沿路的風景一成不變，從中社路到至善路、北安路，又回到至善路、中社路。這幾年來，最大的改變應屬大直捷運站通車，明水路的富商巨賈進駐，興建了高樓林立的豪宅，以及平坦的北安路中心位置的三岔路口，矗然蓋起一座氣派雄偉的玻璃帷幕大樓海基會。除此之外，買菜的人，上班上學的人，來來去去，在質的方面並沒有什麼大變化。

我開始猜測她在看我的背影，可能是肩膀，可能是耳朵上的一顆痣。乘客很少的時候她會跟我聊天，因爲在公開的場合，多半是講一些瑣碎的家常閒話，例如早上吃了什麼？稀飯饅頭。妳呢？

——道口燒雞、東山鴨頭、蚵仔煎、大腸麵線、三粒小籠包。

——我也是，稀飯饅頭搭配薏仁山藥精力湯外加水果拼盤還有兩隻大螃蟹。

——爲什麼會出現兩個螃蟹？

——因爲這是夢幻早餐。

她笑了。在我的背後，悄悄地，掩住嘴，她以爲我不知道，這一次我發現我不需抬頭看上方的照後鏡，我從左邊車窗外的直立式照後鏡也可以清楚地看見她的表情。大多數時間她悠然神往地看風景。有時候會抬起頭，下巴輕微地翹高，瞇著眼看天空許久許久，久到彷彿天空裡住著她的好朋友，因爲太遙遠而必須用腹語交談，所以聽不到聲音。她低頭的時候眼睫毛很濃密，像是睡著的洋娃娃，可惜臉龐過於削瘦，有一點點營養不良的感覺。不過現在的她已經比我剛認識她的時候好多了，她有一次跟我說她胖了兩公斤，現在穿起制服有點緊，她很納悶她的生活還是很簡單而且還是不愛吃飛機餐，唯一會讓她增胖的理由應該是比較常跟我去吃外食。

——那麼，今天晚上要吃什麼？

——紅棗雞湯加什錦麵疙瘩、美國櫻桃、菲律賓的芒果冰淇淋。

——大直哪兒有賣這些東西？

「我家。」她回答。

我的心臟突然猛烈一縮，重重地踩了剎車，還好當時車上沒有別人，坐在公車第一排的她似乎早已經有了心理準備，捉緊手扶把，完全沒有因爲我的緊急剎車而晃出座椅之外。開車三年多，我自認爲始終是個遵守規矩的模範駕駛，從來不開快車，不超車，也不亂踩剎車。

而我卻被這突如其來的邀請破壞了我慣常的紀律。更讓我莫名難解的是，這算是一種邀請嗎？是不是我太自作多情？我冷靜地想一想，仔細連結我們之前對話的默契，這應該就算是一種邀請。是一種非常曖昧的邀請。

這是我今天的第九趟，再跑一趟就可以下班了。那個嬌小的身影，從第六趟開始出現，跟著我在車上晃盪了一整天，現在回想起，才發現她以前好像也這麼做過，搭我的車下山，在自強隧道口買一袋土司麵包和一些水果，等我繞完通北社區之後，又搭我的車回來。如果按照人與人之間的熟悉度來分類，我們應該算是好朋友了，好幾次一起去登山，到大直或士林的簡餐店吃飯，聊天也很開心。我幫她提行李，因爲心疼她瘦弱的身體；我請她吃飯，因爲心酸她爲了同一棟房子付兩次貸款；她也送我一些奇怪的禮物，像是枕頭套之類的，她說這是美國純棉，舒服又實用。

從她下車之後，不知道爲了什麼我的心情一直感覺到酸楚悽悽，好像冬夜裡正在安眠卻有人突然把我的棉被搶走，或是原本溫暖的淋浴卻突然沒瓦斯被迫要用冰冷的水把身上泡沫洗乾淨。我習慣性的偷瞄照後鏡，這一路上換了三個人影，在我看來全都是戴帽子的歐巴桑或歐吉桑，我試圖轉移注意力，但是她的沉思，她的笑靨，已經烙印在我的腦海裡，久久無法褪去。

而她說今天晚上要吃紅棗雞湯、麵疙瘩、櫻桃和冰淇淋。按照我對她的認識，這不可能是她一個人的晚餐，她獨處時只會吃牛奶加燕麥片。

每次我幫她提行李，從來不曾走進那間屋子裡。我隱約看到一整排的書櫃，還有一盞昏黃的檯燈。在沒有打開門之前，我們倆人靜靜杵在她家門口，她總是要花五分鐘的時間找鑰匙。我曾經想過萬一她忘記帶鑰匙，是不是有一個很好的藉口讓我邀請她來我家休息？這個念頭不太理智，我相信最大的可能應該還是我們一起坐在雙溪國小前的花圃石磚上，規規矩矩地等待鎖匠來臨。事實上，每一次五分鐘樓梯間靜默的相處，總在她順利打開門微笑說聲謝謝之後，我很有禮貌地轉身離去。我從來沒有機會走進她的領域。好吧！我承認我偷偷想過，如果她願意主動邀請我，走進去喝一杯水，開水就可以，我不喝含糖飲料也不喝咖啡茶，我保持著健康的體力，幻想著也許有一天，我還可以拿起網球拍，像從前一樣夜以繼日，在球場上進行體能訓練。

然而在無數個繞行圈圈的例行事務裡，生活已經是個強大的漩渦，我目前只能做到泅泳與呼氣。

下班後我回到家，吃了幾顆父親煮好的水餃，坐在客廳裡心不在焉的跟他說等會兒我要出去走走，接著就閃進浴室裡洗澡洗頭，因爲不想耽誤太多時間，火速用吹風機烘乾了頭髮，獨自照鏡半天，總覺得今天的頭髮特別零亂，中分旁分都不對，怎麼看都像是個落魄的司機。父親在門外叮囑，氣象預報今晚會下豪大雨，好心提醒我想要去散步動作要快一點，免得下雨之後天氣變涼容易感冒。我支支吾吾不知道回答了他什麼，總之我在浴室裡半天也喬不出一個滿意的髮型，最後不知道用了多少膠水，才把左邊旁分的頭髮固定好，以一種最老派的好像要去拍黑白畢業照的樣貌出門。

我想我應該帶一束鮮花，畢竟第一次到別人家作客，還是要講究基本的禮儀。手錶上的時間已經七點十五分，這時候還下山去買花再回來可能會讓她餓肚子太久！漫步前往明溪街的沿途只有野生的鳳仙花與小雛菊，以及很多牽牛花，這些花太軟弱，不適合我，更不適合用來當作禮物。如果我有機會選擇，我會送她香水百合，這是她給我的感覺。

而我只帶了一顆網球，有我的偶像羅傑·費德勒親自簽名的網球。那是我參加法網公開賽時得到的簽名，多年來我一直珍藏著，也許那時候就想過，如果有一天我在網球世界裡什麼紀念都沒有留下，至少我還有一顆球，一顆曾經跟我最崇拜的偶像這麼接近的證明，我沒有白活過。

喔！只希望不要像錢穆一樣。做學問做了一輩子，是個國寶級大師，政府都將他的故居素書樓整修爲紀念館，還成爲台北旅遊網推薦景點，連普羅大衆的公車路線都有專屬站牌「東吳大學（錢穆故居）」。但是，我曾經千眞萬確親耳聽到坐在公車第一排的母子對話，當那位小學生向母親詢問：「錢穆是誰？爲什麼會有錢穆故居這一站？他到底是誰？」那片刻我內心的正確答案幾乎要脫口而出，但是好奇寶寶的母親順口回應的說詞卻像晴天霹靂閃到我腦波：「錢穆？應該是某個很有勢力的政府官員吧。」

開始起風了，這是下雨之前的訊息。

我突然感到一陣寒冷，站立在我慣常等待她的位置，遲疑地望著她家的公寓，不斷發抖，心裡懊惱著眞應該聽爸爸的話，出門時多帶一件外套。

遠處有個小女孩與大人手牽著手，緩慢地向我這個方向移動。我認得她們母女，那是巧巧和她的媽媽。她們在六年前搬來中央社區，當時巧巧只有三歲多，還需要媽媽推著嬰兒車帶她出門。巧巧臉上不太有表情，皮膚很蒼白，她們通常是在天氣清朗的時候，結伴來到雙溪國小的露台上曬太陽。我們維持著中央社區的居民默契，見了面會點頭打招呼，但是不太講話，直到我成爲公車駕駛之後，有一次雙溪國小的老師來跟我借聖誕老公的衣服，我好奇地問她要做什麼？她說想要演聖誕老公公送禮物的話劇，閒聊之中才知道，這齣話劇是爲了巧巧演出的，因爲她是個罹患癌症的兒童，而且已經到了末期，醫生幾度發出病危通知，都在巧巧堅強的意志力支撐下，一次又一次地度過了危機。

六年前，因爲嚮往中央社區的清幽環境，巧巧的父母親賣掉台北市區的房子，舉家搬到山上居住，當時還有另外一家人，跟巧巧一樣，也是爲了照顧家中的癌症病童，搬到山上來，那孩子挺了五年，最終逃不過病魔的糾纏，聽說已經在去年過世了。

「聖誕叔叔好！」巧巧跟我打了聲招呼。

自從我在三年前客串演出聖誕老公公之後，巧巧每次遇見我都會喊我一聲「聖誕叔叔」。剛開始我覺得被這樣稱呼很有趣，只要孩子高興，隨便她叫我什麼都可以，就算叫我「老公公」我也不會介意。但是後來知道了她的病情，突然感覺到一股強大的無力感，原來在聖誕老公公華袍的僞裝之下，眞實擁有的只是一具平庸的軀體，我無法帶給她任何生命的魔法，就連禮物也是一晌歡娛。

而巧巧每次在病發的時候，都能強忍住全身已經痛入骨髓的苦楚，鼓勵她的媽媽，請她媽媽不要擔心，她會撐過去，如果撐不過去，就是要去天主所在的地方。無論何時何地，到了哪裡，她都會愛她的母親一如往昔，請她母親和她一樣堅強地走下去。

這是上次我演完聖誕老公公，學校老師轉述給我聽的內容，我每次想到這段對話都忍不住鼻酸。不久之後巧巧已經虛弱到無法去學校正常上課，她一個人在家裡，畫圖看童話書，她的母親爲了她辭去工作，帶她定期檢驗治療，病情嚴重的時候會住在醫院好幾個星期。巧巧最懷念雙溪國小的老師與同學，只要回家休養期間，學校老師和同學經常結伴去探望她，還有一些熟識的鄰居，也會去她家陪她聊天說故事。

「巧巧今天的精神很好！」我說。

「聖誕叔叔今天也好帥。」巧巧回答我。

被九歲大的女孩子讚美，竟然讓我臉紅了！

「下次叔叔再帶一些網球比賽的錄影帶給妳看！」網球場上很多反敗爲勝，起死回生的故事，我希望給她一些激勵。

又是一陣微風拂過，吹得小葉欖仁樹葉落滿地，這是即將入冬的訊息。巧巧媽媽拉拉她的手，示意該進屋裡去，天氣變了。巧巧點點頭，乖順地跟著媽媽走，經過我身邊的時候，巧巧突然回過頭，跟我說：「聖誕叔叔眞心喜歡打網球，就要一直努力下去喔！」

我點頭微笑，與她揮手道別。

這麼堅強的女孩子，她只有九歲，從淋巴癌轉換到骨癌，化療讓她掉光了頭髮，死神與她那麼近，而她還微笑著，鼓勵我繼續打網球。

巧巧知道我現在只是一個公車司機嗎？

上個星期我遇見了前女友，她美貌豐滿胭脂光燦一如往昔。我不知道她爲什麼會出現在通北社區，但是一上公車我們立刻認出了彼此。她站在我的身邊也不去找個位置坐下來，沒有問候語沒有笑容直接跟我說她只搭乘幾站就下車。

「喔！還是要記得刷悠遊卡。」我只能這樣回答。

她問我爲什麼不參加她的結婚喜宴？她曾經請託大熊轉交喜帖給我。當我說出「我不知道」之後，她的聲音分貝開始漸漸提高。

——怎麼可能？我有看到你包的紅包啊。你還是走不出來嗎？我們不是都講清楚了嘛。你這一身滑稽的聖誕老公公衣服要穿多久？你知不知道我好多朋友都坐過你開的公車。你如果當初去做特勤，或是隨便哪個老闆的隨扈，至少可以穿西裝打領帶，不會像現在這個樣子。喂！你爲什麼不回答我？爲什麼不說話？你怎麼還是這樣子，什麼話都不說，你爲什麼一句話都不說！你可以給我一個理由啊，一個正當的理由。

——妳要在哪一站下車呢？

公車經過大直捷運站，緩慢行駛朝向唯一的目的地，這篇振奮人心的演講似乎沒有結束的打算。

直到自強隧道前，我刻意延長了停車時間，她在這兒終於腳步隆隆身影匆促地下了車，最終還是忘記刷個悠遊卡。

我會自己掏腰包幫她補全車費，除此之外我不會再像三年前那樣憂鬱了，那時候不否認曾經偷偷掉過幾滴眼淚。但現在我只有誠心誠意地祝福她，尤其希望她的伴侶能夠滿足她喜愛西裝的癖好。

這位公車司機現在揪著心猶豫的，且無解思念的，已經站在她家門口卻不知道為什麼遲遲不敢按下門鈴的，是那個正在準備晚餐的女孩。

——紅棗雞湯在等你！也許她也在等你。不過就是吃一頓飯而已，走進去有這麼難嗎？

走進去不難，走下去最難。

我爲什麼突然變得這麼孬種！眞的就像是一個僞裝的聖誕老公公，連禮物都是一顆仰賴網球明星簽名才會有價值的球。我沒有華廈，沒有名車，也沒有社會地位，還有一個行動不便的老父親需要照顧，如果這條路要繼續走下去，我如何給她幸福？她自己的生命這麼無助，她應該受到保護受到關心與寵愛，她應該天天有人幫她扛行李到三樓，給她一個溫暖的家，讓她累了可以安心休息，倦了可以放心枕臥。她很孤獨，總是去拜土地公；她喜歡念書，爬山也會想到什麼恰佩克；她喜歡吃牛奶加燕麥片，可是跟我出去的時候就會開心分享肉醬義大利麵；她很節儉，卻願意買名牌的純棉枕頭套讓我安眠。她是個貼心的可人兒，我也很想跟她說一聲：「妳很可愛！」可是每次話到唇邊就是說不出來，我憑什麼跟她說這些？我很欣賞她，很喜歡她，甚至有一點迷戀她！可是，我有什麼條件追求她？她今天跟著我坐了一天的公車，讓我更心疼，顛簸的路途，塑膠的座椅，密閉的空調，她不但一路跟我有說有笑，還在力行新村那一站，當所有的人都下了車之後，突然遞給我一杯鮮榨柳橙汁，跟我說：「補充一下維他命C吧。」

從來沒有一個女孩子這樣認眞對待我……。

雨開始落下了。

父親說的一點也沒錯，氣象預告有鋒面過境，今晚會下豪大雨，從大屯山麓的東北迎風面直接來襲。雨滴先是像散掉的珠子門簾串串滴落，一顆一顆打進我舉頭凝望的眼眸裡，接著是洪水般傾盆，我突然覺得自己是個應該讓雨水洗乾淨的壞東西。我承認是我挑逗了她，那個總是在我車上睡著又坐過站的美麗空姐，我故意去圖書館等她；挑了一個精神分析師佛洛伊德的超我論述作爲臉書的暱稱；在菜市場巧遇之後，我又獨自去逛了幾次期待再度相逢；第一次約她登山就已經想好要纏著她直到她答應一起吃晚餐；一大早按照班表去等她幫她抬大行李，因爲我幻想著可以順其自然地走進門，然後，也許她會感動的給我一個吻。曾經她說過想要去看蘇花公路的清水斷崖，我花了整晚的時間規劃火車路線，想像著兩個人的旅行，我們會不會在太平洋旁邊的小鎮上過夜？

我是個假的聖誕老公公，連禮物都沒有，只有一顆噗通跳躍的心。

瓦憂瓦憂島，是一個虛擬而且毀滅的島嶼。

——如果妳要去，我願意跟妳一起去。就算是毀滅也請讓我陪著妳，就是這樣陪著妳，是我唯一的欲求。

夜裡的豪雨仿若無縫無隙的密網層層將我包裹住，與她最近的距離之中交織著最遠的愛情。或許我沒有資格說愛，但是……

——我眞的好喜歡妳。

六之二：她

下雨讓我更孤獨。

我總是在這種時候湧起無限焦慮。英文中有一個字寫做Humid，我永遠記得，在那個春梅降雨季節的氾濫末期，一個濕潤的下午，未婚的高中英文男老師在課堂上單單解釋這個字的意義就花了二十分鐘。他望著窗外，惆悵而緩慢地說著：Humid不是普通的潮濕，它會黏在你的身上，侵入每一個毛細孔，揮也揮不去，趕也趕不走。這個字根源於十三世紀的拉丁文ū midus，很多的水氣，煙霧氾濫的氣候。一個少女在嘛起雙唇輕輕發出H的氣音時，是如此嬌嬈，然而緊接而來的M字讓舌尖頂住牙縫，卻收在D的尾音裡藏起了捲曲的柔軟舌頭，兩個音節的Humid，在說與不說之間，都讓傷春比悲秋還要爲賦新詞強說愁。Humid浸淫早熟的心靈，吋吋叮咬我的肉體，比詩還要濃。

雨僝風愁，烟波萬頃，雲臥衣裳冷。

我的行李中永遠有一把折疊式小洋傘，萬一遇到突如其來的大雨或小雨，我可以有個依靠，不致於淒涼地困在綿綿不斷的雨裡不知所措，而且全身濕透。黏在身上的衣服失去禦寒效力，彷若殘破抹布覆蓋人偶，在雨中刻木牽絲，須臾弄罷，且無比的寒冷！雨水垂直降落如剪刀，削去了所有的溫度，隱形的囚籠鋼柬，摸得著卻抓不住，牢裡牢外，是相近而不相親的人群，我們被關在雨水裡，僅有一座傘的世界是最卑微的庇護。如果大雨駕馭著西北氣流而來，彷若龍王出海，興風作浪，天地是漩渦，席捲著每一個孤立的人影，流動在驟狂迷翳的絹瀑纏綿之間，我們無處奔跑，連傘也淹沒。

就算明白了淹沒是旅程中必看的風景，我還是願意帶著一把傘，除了保護自己，有時候也許還可以照顧別人。

只是我常常不敢開口詢問另一個淋漓狼狽的路人，我的傘還有另一邊，可以借他或她躲雨。我害怕開口以後對方把我的眞心當惡意；我害怕並肩走過這一段路之後仍然要獨自面對的孤寂；我害怕那人享受暫時的安逸會竊取我唯一的寧靜；我害怕與陌生人共處，因爲相遇之後還是會變得陌生，這是我對人生課本的眉批。

即使住了很久的地方也不能算是家。在城市一隅我曾經住在一個小套房裡，按照飛行班表像個不準時的公務員上下班，除了睡覺以外的時間都在圖書館，我喜歡圖書館勝過書店，明亮整潔原木裝潢還搭配古典音樂的書店賣場沒有屬於我的角落，我不願意像乞丐般坐在地上看書只好被迫站立整個下午。圖書館裡我可以找到暫時擁有的一張椅子，雖然舊但是乾淨，還有一片小小的桌面，偶爾趴在桌上拿起紙筆寫點心情日記。住家附近只熟悉一間便利商店，二十四小時的溫飽，任何時間他們都可以用微波爐加熱食物，佯裝家人守候的愛心，在我疲累的時候，問我要不要喝一碗雞湯。城市裡的住處蜷窩好幾年，仍然不是家，搬到山上之後，全然遺忘故居的道路，哪一條巷弄，哪一間麵包店，哪一個鄰居。

高空彈跳是一種玩弄地心引力的遊戲，由上而下；我的工作卻抗拒地心引力，以放射線的方式彈離地球，再緩緩降落。我的腳底黏著一條隱形且巨大的口香糖，善盡其能發揮比生命還強烈的膠質韌性，無論彈跳到世界上的任何一處，始終會拉回來，只是落在不同的經緯度。

航空公司的後艙飛行組員有兩千多人，龐大密織的班表合縱連橫，有一些人這輩子見過一次不會再相遇，即使同梯次受訓的同學也是一樣，正式上線之後再也沒有交集。

人多的地方總有耳語像蜜蜂振翅般嗡嗡傳出，誰成為誰的情婦，誰為誰離婚，誰和誰劈腿。還有，那個台大哲學系自以爲很了不起的空姐。

即使尼采說過：這世界沒有眞理，只有解釋，我也懶得說清楚。我沒有什麼了不起，我只是安分的工作，賺錢，活下去。

剩下的，就是等待唯一的血親。

我曾經看到過妹妹的蹤影，那個從小跟我一起長大，就算穿著奇異畫上濃妝我也會認得清清楚楚的妹妹。

她在電視新聞裡出現，名模賣淫，妨礙社會善良風俗，一群人被送進了警察局。我仔細聆聽確認她被送到台北市哪一個分局，立刻趕過去。抵達的時候她正在做筆錄，姿態嫵媚表情豐富像是正在接受媒體記者訪問的大明星。警察問我要做什麼？我說我要找那個正在做筆錄的女孩子！警察問我們是什麼關係？我說我是她姊姊。年輕的警察用狐疑的眼光打量我的全身上下，那個被貼上標籤的感覺再度出現。

妹妹一轉頭，肯定看見了我，然而她就像演戲一樣，把我當成觀衆席，空空的位置，連椅子都不是，冷漠無神的雙眼掠過我的眉間，硬是回過頭，連敷衍都嫌奢侈。我是同父同母的路人甲，她完全不願意回憶童年時期我們一起在鄉下赤腳行走田梗的過去。親愛的妹妹！我只想告訴妳：我記住的姊妹情誼是我們一起抓蝴蝶時候的笑容，從來不是成績單上的數字。妳最後一次對我大罵出口的話語，我從來不曾反擊，我沒有妳美麗的身段，更沒有妳容易交朋友的魅力，我只是比較喜歡讀書而已，除了會考試，我的人生只剩下無趣。

像拼圖一樣無趣。即使如此，我還是會安靜地把它完成，就像打開一本書，再難讀，也要看到最後一個字。

——爲什麼，妳不願意回家？補上缺角的拼圖。

她身邊坐著許多跟她一樣打扮的女孩兒，染成金棕或葡萄紫顏色的洋娃娃波浪長捲髮，細肩帶低胸小可愛點綴著蕾絲花邊，露出肚臍眼和臀線的低腰迷你牛仔短褲，修長白皙的雙腿延展到完美弧度的腳踝，頂著高跟楔型鑲鑽魚口鞋，搖擺著塗抹鮮紅色指甲油的腳趾頭。警察走過去跟我妹妹說了幾句話，她用力搖搖頭，警察又指指我，她撇了撇嘴，順手摔下肩上的小羊皮菱格紋名牌背包，蹬著高跟鞋跨啦啦走向我，問我到底要做什麼？

——妳可以回家。

「我沒有家。」她冷漠地說。

——中央社區的家，我們一起住過的家。

她從臀部口袋裡掏出一個玫瑰金打造的精緻香菸盒，抽出一根菸，兀自點燃，對著我吐煙圈。

——我留了房間給妳，妳可以做自己喜歡的事，請妳不要……再……。最後那兩個字我始終說不出口，我從來都不願意相信我的親妹妹會變成一個出賣肉體也出賣靈魂的人。

——我馬上就要變成超級偶像了。我的經紀人已經幫我安排好了下一部電影，還有接不完的電視連續劇。這是一場誤會，我的新男友是電視台老闆，只是剛好被記者拍到我們一起去賓館。接著我還要去大陸商演，以後我可以在明水路買好幾棟房子送給妳！

她說完之後，瀟灑地丟下菸蒂，頭也不回地轉身向她的姊妹淘走過去，一群人圍繞著穿著警察制服的人，有說有笑，呈現出錯亂的格局。我獨自站在警察局門外，背靠著牆壁，緊緊抿著嘴唇，牙齒頂住舌尖，吞下所有的感情，轉移注意力，要不然我會流眼淚，在警察局的大門。

然而眼淚還是不爭氣地流下，在我妹妹做完筆錄後帶著一臉歡愉，開心地與姊妹淘們前簇後擁，婀娜明媚，神采飛揚，像是剛剛在百貨公司完成血拚購物滿意不已的貴婦走出警察局。她們還在說笑著，彷彿移送地檢署或留下前科只是編劇說故事的本領，她們只負責亮相上鏡頭，嬝嬝顧盼取悅觀眾，以最華麗美豔的姿勢。

兩輛墨漆發亮的賓士五〇〇已經在警局門口等候，她們非常熟悉這種車型，瞧也不瞧司機的長相或者烏黑的車窗裡坐著什麼人，就這樣開了車門大方地跨坐進去，賓士車油門踩到底，發出隆隆厚實的引擎聲響，呼嘯揚長而去。

那是與我背道而馳，唯一的手足。

我在飛機上從來不談論自己的私事，安靜地聆聽組員們的閒話密語，女生們之間的話題很多，我們聊化妝品、時尚新衣、減肥秘笈、瑜伽韻律舞，就是不聊自己的感情與家務事。

曾經我有一支筆，上面刻印著一個形狀類似星星又像是梅花的圖案，那是我考上大學時，母親送給我的紀念品。當我開始工作，必須經常出國的時候，我將這支筆帶在身上，隨時拿起來使用，好像我媽媽在我的身邊，陪伴著我。有一次商務艙的客人要填寫表格，跟我借筆，我從衣襟上直接抽出這支借給他，後來忙著送餐就忘記這件事。等到客人用完餐，準備休息或看電影，組員可以暫時鬆一口氣，在廚房吃飯的時候，這位客人突然掀開布簾走進來，要還給我這支筆。

「這支筆是名牌，妳不怕借給別人不還？」他說。

——名牌嗎？我不知道。我一直以為那是可以避邪的圖騰。

他斜睨著我，考量著我說這句話的眞實性。

「妳哪裡畢業的？」他像個面對求職應徵者的主考官在問話。

——哲學系。

「我問妳哪個學校？」

——台大。

「我眞不知道你們這些年輕人現在都在想什麼。有一次我考核公司裡的人資，才發現我公司裡的總機是輔大企管系畢業的，而且在這個位置已經做了兩年多。我問她要不要考慮發揮所長，我可以調派她到其他部門，學習更多的專業。沒想到她跟我說她很滿意現在的工作，一個月三萬多塊錢，工作單純，還可以準時上下班。」

我像個聽訓的學生罰站在廚房餐車旁邊，其他的組員一聽到這位客人開始雄辯滔滔時，紛紛藉故走入客艙巡視客人的需求，或者寧願打掃廁所，只留下我一個人，聽著他義正詞嚴的論述。

商務艙的乘客，離開地球表面三萬英呎還是老闆的腦袋，不管他是誰，只要坐上了我們的飛機都是阿拉丁神燈的主人，服務業以客爲尊是牢不可破的奴性。

我想起了蘇東坡、辛棄疾、李白、陶淵明。他們在他們的時代，都是學而優則仕的棄嬰，卻成爲文學的巨人。他們的一生不需要說清楚，過了幾百年之後沒有人在乎眞實生活裡宦途寥落的原因。海南島距離京畿有多遠？田園將蕪，詩活著！我多麼有幸，竊心與這些巨人做朋友，即使他們不認識我，即使他們已是逝者，即使我自忖與逝者交往的資格都不夠。

與逝者爲伍，是爲了提早鍛鍊今生的勇氣，成就活下去的意志力。或許，當我們可以相遇的那一天，我可以驕傲地說：「我曾經像你們一樣努力過。」

努力讓自己勇敢地活過。

即使必須說聲對不起，也是讓自己努力活過的證明。

那一年聖誕節前夕的紐約下大雪。未若柳絮因風起是將相名門的書香遊戲，閨中玉女的捷才詩意，我的眞實人生卻是步履蹣跚行走於厚雪如崖泥濘如漿的馬路旁邊凍傷了腳底，因爲我始終捨不得花錢買一雙雪靴，或者，輕忽了這次曼哈坦如霜如刀咄咄逼人的冬季。

直航紐約的班機，十六個小時沒休息。公司第一次嘗試利用北極圈入冬後的高空噴射氣流，讓飛機從台北一次飛往美東，中間不落地。這樣的美意自然讓組員與乘客都欣喜，只是沒考慮到密閉空間囚禁十六個小時之後的鬼店症候群。

那是極度濃縮的時間與空間，將近一整天，三百六十五分之一年，高空飄浮，腳不著地，抗拒地球上所有的故土與族群；我們在這裡，飛行航班洞洞么拐的編號中，凝成一個國，不管你來自何處，無論你使用的語言，膚色種族階級性別都在與世隔絕的機艙中和平相處，不談政治。我們唯一的交集是目的地，甘迺迪國際機場，以美國第三十五任總統之名，在最自由的國家中被暗殺的自由主義分子。

自由眞難。

飛機落地之後竟然感覺像是能夠出獄，強顏歡笑送走最後一位面目茫茫的乘客：「謝謝搭乘，歡迎您再度光臨，我們下次見。」明明知道這是最美妙的謊言，但是我們每天都要說上一千遍。人生參商！再見與不見是輪迴的課題，沒有人可以決定。卑微的我只能在送行時僞裝慈悲含笑，清涼自在，想像華枝春滿天心月圓的風景。

十六個小時的監禁，抵達飯店早已疲軟了體力。深夜的酒店房間裡，整齊的布置，重複的孤寂。美國東岸的大陸性溫帶闊葉林氣候，冬天迎接拉布拉多寒流，怎一個乾字了得。每次落地後四十分鐘，只有鼻血歡迎我，灌輸乾涸鼻腔的潤滑劑，是我自己的血液。因此，走進房間後終於擁有自己的小天地，第一件事就是在浴缸放進大量的熱水，讓水蒸氣瀰漫乾燥枯萎的空間，打造出亞熱帶的濕潤環境，假裝回到家。

那次直航十六小時後，我肯定是累壞了。浴缸的水龍頭雄壯威武地噴出大量沸騰熱水之後，我到床上去抬個腳稍微休息，連制服都沒有換下，只脫掉絲襪。以L型的姿勢將雙腿直立依靠在床頭牆上，足部差點踢掉那幅看不懂的黑白抽象畫，想著，我只是趁浴缸放滿水之前的這段時間，躺一下下，一下下就好，一下下之後我就可以恢復一點點體力，悠閒地洗個熱水澡，繼續看完出發時已經讀了三分之一的《小城畸人》。

我真的好累，從來沒有這樣累過，究竟是怎麼樣的累法已經超過了所有我能使用的語言文字範圍。座艙密閉十六小時，一天的三分之二時光流逝在黑暗裡，從台北出發的時候是深夜，抵達紐約也是深夜，只有在北極圈上方航行時看到日光，遍地雪景，天地交融，向上與向下飛行都是白茫茫的一片，就算遠離黑暗也是幽禁，只是不同的顏色與亮度。

任務結束，再度返回地球表面腳踏實地，卻還要振奮起迴光返照的精神形塑國際航空公司的專業態度，抬頭挺胸經過海關，坐上接駁車，走進飯店，回到房間。最終，只有在這個完全屬於我的異鄉小故居，我終於可以放輕鬆，閉上眼睛幾秒鐘，等待我的水龍頭，散播含水率百分之七十的飽和度，溫暖我的身心。

滴！滴！滴！

有幾顆小水珠，緩慢而不間斷的輕輕點上我的眉宇，沿著眼窩仿若淚水滑過，流向臉頰，流向耳垂，流向輕解羅衫的鎖骨。從天而降、冷涼陌生的小水珠，不是淚，是什麼呢？小水珠像是無音的調皮鬧鐘，輕輕喚醒了我。勉強睜開眼睛，眼前竟是一片太虛幻境，白濛濛的煙霧瀰漫整個房間，我置身於霧中，伸手不見五指，連閉上眼睛之前最後一眼看到的抽象畫也在迷茫中消失不見。

喔！此時我終於恍然大悟，應該是浴室裡的熱水已經放滿了，只是這一次怎麼這麼厲害，水蒸氣彷若神力變身空氣遊龍，已經飄到房間的盡頭。

只要關了水龍頭，我可以再來好好睡一覺。

我心裡這麼想，便彎腰放下雙腿，準備走進浴室裡關熱水。只是當我赤裸的雙足一離開床墊，接觸到地毯的一剎那，整個人的心臟像是被電到了一般，怎麼地毯這麼燙，而且一腳踩下，彷彿陷進了流沙，軟綿綿沒有盡頭，差點淹沒我的腳趾頭。

好燙！怎麼回事？為什麼這麼多水。耳邊隱約聽見嘩啦啦瀑布般的聲響一波接一波清晰地灌入我的鼓膜，騷動著我的耳蝸神經。這事情可能有點麻煩了，但是我依然天真地想著，我只要關了水龍頭就沒事了。

因為地毯太燙，我一路學青蛙彈跳到浴室，這兒的水更燙，儼然形成北投地熱谷的紐約分池，整個浴室已無立足之地，我必須忍耐燒傷的疼痛才能攀越馬桶爬上浴缸邊緣伸手關掉還在滔滔洶湧不絕的水龍頭。

我真的好累，累到關了水龍頭就以為天下太平，想要繼續彈跳到床上，渴望再瞇一下下眼睛。只是當我走出浴室時，我被眼前的景像稍微震驚，這已經不是我的房間，這是一間三溫暖的桑拿浴。

霧氣淌淌模糊泛泛，我甚至找不到門口與窗戶。重新再來定位一次，記得剛剛走進房間時浴室位在門左邊，如果我現在站在浴室門口應該右邊是門左邊是床與窗。只是我什麼都看不見，水露氤氳不是蒹葭蒼蒼，伊人要自己解決自己惹出的問題。而我天眞地想像，這一切只不過是水氣多了一點，我只要打開窗戶，讓室外攝氏零度以下的北國冷空氣強烈襲入，可以順間凍凝這些水分子，以無情的乾燥驅逐熱氣。

窗戶打開之後，不知腦殘將至的我又跳回床上，蓋上了厚厚的棉被保暖，果然又立刻昏睡過去。只是這次，又不知道夢裡尋迴了多久，恍恍惚惚，隱隱約約之中，我聽到了火災警報器開始微微嗡嗡作響。

先是「嗡」、「嗡」、「嗡」細微小聲的規律間歇性的聲響，我想那東西要不敏感就忝爲合格飯店的安全機制，也不在乎它的存在，反正等一會兒我的「零度空氣強迫降溫法」就會施展效力，再等一下下，再等一下下空氣夠冷水氣蒸發就不會再招惹頭頂那玩意兒了。

我的判斷總是跟社會現實有非常大的差距，即使在太虛幻境，質能方程式還是演繹出了專屬邏輯，只是我不懂，到底是熱還是冷還是誰惹到了頭頂上倒吊著的機器神經病。

因爲它開始發出連續且不斷上升分貝，嗡嗡嗡嗡嗶嗶嗶嗶彷彿非要撕裂整棟建築物才甘心的警示音量。

這一次我終於清醒，我必須打電話到櫃台通知這項訊息。

——對不起，我不知道發生了麼事，我房間的警報器一直發出聲音。美東時間深夜一點四十分，眾人皆睡我獨愕醒。

接電話的是位男性，他在電話的另一邊溫柔安慰我不要憂慮，他馬上過來協助我。我打完電話後呆坐在床上不知道該怎麼辦，漆黑的房間裡連燈也沒開我就睡著了，窗外零下十二度的冰空氣陣陣穿越桑拿蒸氣浴襲來，熱遇到冷空氣凝結成水滴，我的房間開始下起毛毛細雨。漸漸地我已經可以看清楚我造成的悲劇，房間淹了大水，所有的地毯都濕透，我的小腿懸掛在床沿，失去重心，仿若孤島遊魂，在異鄉靜默等待處決，我唯一的語言是對不起。

不到三分鐘的時間，櫃檯的男服務生出現了，他穿著灰藍色的西裝制服外套，胸襟上有個金屬名牌的第一行寫著Manager，下面的名字太長讓手足無措的我不敢凝視太久。開門之後透過浴室的光，他看到我孤伶伶地踮著赤腳站在浴室與房間地毯交界處的門檻上，這裡是唯一的小高台，差零點一公分也要被淹沒，我已經無處可逃，無處可去，也無處可站立。我本來想要走出去與他面對面說清楚這一切，但是他立刻用英語告訴我不要動，太危險了，小心觸電。

他不顧濕濘走進房間，將我攔腰一抱，像騎士拯救公主似的，將我帶出了房間，直到抵達乾的地面上，才放我下來。他說對不起，因爲我赤腳，可能會觸電；他穿著鞋子，比較不會導電，所以先救我出來比較安全。

——I am sorry, I didn't mean it.

我很抱歉，我不是故意的。這是我的眞心話，其它的理由我還來不及說出口，我只是想讓房間有一點點濕度。

他問我的行李在哪兒？完全沒有打開的行李箱放置在房間的最邊陲，靠近梳妝台的角落，長途旅行之後的行李箱和主人一樣孤寂，但是它至少還有輪子撐著，不至於一身泥濘。

經理幫我把行李和大衣都拿了出來，走向對面的房間，沉著穩定地掏出身上一大串的備用鑰匙，打開了房間門，讓我先進去休息。

——Don't worry! All you need is take a rest, everything will be OK. I just want to make sure that you are safe. For you are so weak, so need help.

我用無助的眼神看著他，不知道該說什麼，再說什麼也無法挽回所有的一切。當時爲什麼動念認爲我可以自作主張打開窗戶，以爲讓房間冷卻就可以解決問題？因爲我不想驚動任何人。然而除了疲倦之外，還有另一個念頭就是擔心被罰錢，搞壞了美國紐約曼哈坦市區的一個旅館房間，接下來我是不是要無償工作半年才賠得起維修的所有費用？那麼我就眞的毀了，房貸、賠款，從此以後我可能會成爲中華民國有史以來第一個走路上下班的空姐。

——I am so sorry, I didn't mean it.

而我只會說這句英文，重複著重複著像是跳針的黑膠唱片。我眞的不是故意的，我眞的滿心歉意與悔意。而他只是微笑著，一再安慰我沒關係，別想那麼多，凡事都會變好，身體的安全最重要，現在首先要做的事情是好好休息，他不斷重複，好好的休息，其它的事情都別擔心。

我在新房間的門口向他低頭告別，是他幫我關上了房門，並確認門鎖扣緊。新的房間是我原來房間的兩倍大，多了一個小客廳裡有一組三加二的沙發椅；即使如此，我卻住得心虛又害怕。第二天中午，我聽到對面房間傳來吸塵器吸地轟隆作響，以及房門開開關關的聲音，兩個拉丁裔的女服務生用口音很重的英文不停嘟嚷著，我猜她們是在罵我。我嚇到不敢在新房間裡發出任何聲音，不敢讓她們發現我的存在，在關起門來的房裡像小偷一樣走路，連沖馬桶的時間都要先從房門的魚眼觀察對面有沒有人出入。我不知道該如何去向她們認錯，因爲我愈來愈害怕要被罰錢。我沒有任何存款，如果要求我一次拿出一萬美金的修繕費，我可能會請他們直接去領我的保險費。如果他們不願意和解，不讓我每個月分期付款撥出一部分薪水還債，而是立刻查封我的全額薪水，那麼，再也還不出中央社區房貸的我，下個月就會連住的地方都沒有。

我餓了一整天，吃喝光了飛機上帶下來的麵包與礦泉水，就是不敢踏出房門一步，擔心被女服務生逮個正著，質問我爲什麼要這樣找她們麻煩？這樣惹是生非，這樣破壞所有人的平靜。

——I am sorry, I didn't mean it.

她們願意聽我的解釋嗎？她們會原諒我嗎？她們會相信我是眞心的認錯嗎！

那次之後我有將近半年的時間不敢飛紐約，每一次排到了紐約長班都想盡辦法找人換掉，寧願一個月飛組員避之唯恐不及的印度四趟，也不願意到紐約面對事實。戰戰兢兢的我每個月發薪水的時候，都擔心著上面的數字歸零；或者在我的公司信箱裡收到一張只寫英文和阿拉伯數字的通知單。

半年之後，我又排到了紐約長班。這一次，我不想再惶恐度日，決定勇敢接受搞破壞的事實，爲自己犯下的錯誤負責，懷著恐懼又認眞的心情，進行一趟贖罪之旅。

飛到紐約之後，在同一間飯店登記分發好了房間，我刻意放慢動作等待所有的組員都步入電梯回到房間休息，空蕩蕩的大廳裡只剩下一個在櫃台忙碌的女職員，穿著和上次那位經理一樣的灰藍色制服西裝外套，我猜她應該也是經理位階的服務人員。

——請問在去年十二月底的某日深夜，有沒有一位男性經理在深夜時值班？

——妳需要什麼協助嗎？

——喔！我只是想要詢問一下，那天晚上，他幫了我很大的忙。我想知道他的姓名，當面向他感恩致謝。

她拿起一個厚重的大簿子，翻開一頁頁像是行事曆的手寫文件，找到了去年聖誕節前夕的值班表，翻了半天，跟我說：「當天沒有任何男性經理值班，妳是不是記錯了日期？」

——那麼妳們有記錄那天深夜發生了什麼事嗎？

——抱歉，沒有任何的紀錄。

女經理職業性地對我投以和藹可親的笑容，我也對她微微笑了笑。紐約初夏的六月陽光從落地窗前斜斜映入，照耀著城市裡一間老舊飯店中神奇的故事。怎麼可能沒有這個人？在那個淹水的晚上，是他走進房裡救了我，而且輕聲安慰我一切都沒關係，照顧身體最要緊。我依稀記得他端正的面容，典型的拉美裔輪廓，兩道濃眉下英挺的鼻子，他的皮膚算白，卻不到白種人的程度，而他的英語發音咬字非常清楚，沒有任何口音。

原來恩人總是要消失了才能顯現高貴，一輩子還不起的恩典。

一輩子還不起也玩不起的還有虛擬愛情，偏偏它到處存在。

半年拒絕到紐約還有另外一個原因。

那年美東特別冷，聖誕節前夕已經好幾場暴風雪，難得出現的晴天讓家家戶戶紛紛前往百貨公司辦年貨準備過西方春節。才從十六小時的禁閉班機裡解脫的我，因爲做了虧心事，又囚困在新的VIP房裡，兩天都不敢出門。落地四十八小時，我吃光了房間裡所有可以呑進肚子裡的食物，包括皮包裡被雜物壓碎的過期蘇打餅乾。胰島素血紅素都通知我的大腦應該外出尋找食物，因爲這樣餓下去我就算不認罪也會成爲乾屍。

戶外是遍地雪景，太陽光的熱度融解了部分雪跡，肚子裡正在消化的食物熱量還沒有傳輸到腳底，我走在街上還是覺得腳趾頭在抗議，好冷好冷，主人爲什麼不吃飽一點。於是我走進有暖氣的百貨公司裡安慰我的腳，一樓的化妝品專櫃區到處都是歡騰繽紛的節慶標語，美國人家庭大團員的季節。我獨自在最便宜又最愛送贈品的平價品牌前踅來踅去，考慮如何物超所值累積十五塊美元的消費就能夠得到贈品。這時候，爲了照鏡子而抬頭，卻瞧見了不遠處，以皇室專用而聞名的歐洲保養品專櫃前，我那遠方的朋友，正在陪伴他的太太買美容聖品。

名正言順睡在他床上的女人，好友艾美的姑姑，我早就見識過了。福態貴氣的名門之後，話不多卻句句到位，像是我最害怕的學校訓導主任，總是挑剔手指甲與頭髮長度的訓導主任。

我故意慢慢向那裡走近，夾雜在絡繹購物的人群。他的左右手都提滿了購物袋，色彩豔麗，喜氣濃郁，典型的顧家好男人形象；而她只在手肘上挽著一個鑲滿晶鑽的晚宴包，空出雙手讓美容師在她的蔥白手背上塗抹皇室專用的保養乳液。

距離他兩公尺的時候，我幾乎聞到了他身上慣用的香水氣味，那種很多男人都會用的運動古龍水，可是擦在他的身上就是跟別人不一樣，我分辨得出來，多少次他擁我入懷，回家後我總是捨不得洗去沾染了他味道的衣服，獨自而無聲地擁抱一件沒有溫度的外套，默默等待下一次的相見。我已經拒絕做他的情人，但是我不能拒絕愛。自從父親死後，他是第一個願意關心我的人；他跟父親這麼像，總是鼓勵我不要放棄欣賞人生豐富的風景，只要度過黎明前的黑暗，就是光明等待你。是的，父親最後羽化在家等待我；而他，卻從來不告訴我他的下一個目的地。

最後一公尺，我就站在同一個名牌櫃台的相鄰桌面旁，透明壓克力的展示櫥窗映照著繽紛燦爛的投影，這不是美貌不美貌也不是聰明不聰明的問題，你知道我知道，這是看不見的隱形轠繩，這是責任。

我終於等到他的偶然抬頭，那一瞥的四目對望，即使只有一秒鐘，但是我終於又看到了他，總是在信裡面認識比較多的他，總是在台北散步卻永遠不能手牽手的他。

——你知道我愛著你嗎？

我在異鄉最脆弱的時候，看到了他，那個不斷激勵我讚美我愛護我卻不能承受任何允諾的他。我只是想靠近他一點點，感受他的一點點溫度，那是距離上次的離別他音訊杳然兩個多月之後的一點點安慰。

他卻在看到我之後，低下了頭，沒說一句話。他的太太繼續專心選購商品，皇室專用的品牌彷彿引燃了她的求知慾，她與售貨小姐有說有笑，讓珍貴的皇室專用保養化妝品一項一項在她豐滿的臉與手上塗抹試用，並不時照鏡欣賞與皇室等級同步的尊榮，最後大方地將任何取悅她的商品都放進專屬購物袋，露出滿足的笑容結帳離去。

從頭到尾，他的太太不曾發現我的存在；而他，再也沒有抬起頭來面對我的眼睛。

這是另一個讓我不想再去紐約的原因。他傷透了我的心。我們之間未曾交換過體液，沒有任何踰矩的關係，爲何要心虛？只是說個哈囉都不行。尤其是在我最孤獨脆弱又幽禁的紐約直航之旅，他卻假裝我從來不存在，彷彿從來沒有這個人；就算有這個人，對他而言，也比路人還要陌生。

遠方的朋友，愛得這麼勇敢卻軟弱。

我從來沒有開口跟他要任何物質上的東西，我只想得到此刻的關愛。因爲我們都明白，人生不只參商，明日之後，世事茫茫。

在很久很久以後的某個夜晚，當我看到孫昭倫，從晚間七點三十分就站在我家樓下，卻遲遲不上樓的身影，我的腦海裡又浮出了那晚紐約房間裡的囚禁與淹沒。

I am sorry，我不是故意的。

他的猶豫讓我更猶豫。

紅棗雞湯還在電鍋裡溫著；麵疙瘩已經煮好了，等他上來的時候再加入佐料炒一炒，就是一道熱騰騰的什錦麵疙瘩；至於櫻桃、冰淇淋，都是現成的，打開冰箱就可以拿出來吃。

我想在一邊吃飯的時候，一邊輕鬆地跟他說：我們做好朋友好不好？就是那種像哥們兒一樣的好朋友，如果他願意，我年紀也虛長他幾歲，叫聲姊姊也可以。

說清楚之後，我們之間會邁向另外一種更自然舒服的關係。他不需要繼續站在路燈下徘徊，傷感思量到底該走進來還是走出去。

大衛巴斯的《演化心理學手冊》：「被視爲愛情之基本成分的那些行爲，事實上都是在對伴侶釋放想與其性、經濟、情緒或遺傳資源，發生聯結的一種訊號。」

作爲對愛情發生之後的心理分析，大衛巴斯說的一點也沒錯，除去那朦朧的慾望之後，兩個人的長久相處還要面對經濟、情緒與遺傳資源，這是社會學，以福利為大宗。這是潛逃在太空衣裡面的我，也逃離不了的關係；這是纏繞在循環路線車廂中的他，擺脫不掉的枷鎖。

我愛過一個不應該愛的人，我很抱歉；我最終看清楚了他的眞相，我也為他感到抱歉。我抗拒著愛情，因為我明白那一切都是慾望的投射，正如同遠方的朋友以為他愛我，最後卻連一個溫暖的眼神也不願意施捨給我。如果人類可以簡化成為平原田鼠，以亞特蘭大埃默里大學腦神經學教授因賽爾的研究結果存活，一切事情就會變得清楚明朗，催產素的存在，讓我們彼此吸引，一旦內分泌消失，我們將會看清楚過去視而不見，隱藏在笑容口腔中的蛀牙。

小時候曾經全家一起去旅行，到了太魯閣欣賞巨岩峭壁，峽谷之間的蜿蜒清溪，時藍時綠，清澄如明鏡。靄靄雲霧繚繞在大理石夾縫中生起的蒼勁松枝，燕子飛來，畫中有話，那時候我妹妹還讓我牽著她的手。最初與最後的全家福，記憶留在台灣最古老的沉積岩中。往後我來到舊金山的優聖美地，美國級的國家公園，漫步在冰河遺跡旁的花崗岩懸壁，遠眺內華達山針葉林，我看到的是放大版的台灣中央山脈，心裡頭黏著的還是生育我的土地。

很想再去一次太魯閣，如果沿著溪流走，能不能抵達清水斷崖？凌空站立海平面八百公尺高度，御風騰雲，日出時會不會和第一道曙光共掣飛行！

孫昭倫竟然買好了火車票，跟我說下個星期的班表有連續三天休假，可以利用中間那一天旅行，沒有時差也沒有壓力，輕鬆看風景。

——可以早起嗎？「崇德」是距離清水斷崖最近的火車站，我們必須從頭城轉車才能抵達。東海岸早上比較美，下午太陽移到了西方，失去光澤的海洋會變成灰灰的藍。想看日出比較難，最早的一班車到了那裡是六點五十三分，應該已是豔陽高照的好天氣！

我看遍世界各地的風景，這一次的邀請最讓我動心。

不要這麼認眞，超人弟弟，是我配不上你。

山上的冬天特別冷，我在美國除了買純棉枕頭套，還買了一雙鋪棉室內拖鞋，深藍與棕褐的格子花色，內裡是厚厚的白色棉絮，塑膠鞋底預防滑倒，特大尺寸，準備送給他的父親。可是這句話藏在心底始終說不出口，我有什麼資格去關心他父親。

失去母親之後，只剩下父親是他的唯一，他願意爲了這個唯一，放棄所有的自己。他是個好男孩，純潔正直又光明，他要搭配一個跟他一樣好的女孩，同樣乾乾淨淨的，屬於那種一年四季不分晴雨都會出現的晨曦。

我不是，我屬於背影。讓父親母親妹妹和遠方的愛人都遺棄的背影。在公車上默默蜷縮於駕駛座身後的背影，我沒有自己可以放棄，就連手舞足蹈的歡愉都是複製別人的變形。

雨就是從這個時候開始落下，我從房間的窗子裡看著他在一樓的花圃旁邊駐足，與經過的鄰居打招呼，寒暄時靦腆又帶點自信的笑容，他習慣把雙手交叉在後腰，彷彿那兒藏著神奇的禮物；又像是規矩的中學生，稍息立正專心聆聽師長的訓勉。他總是這麼彬彬有禮，直到微雨轉變成爲暴雨。

他還是不走，靜止在時間的出入口。

如果誰都不願意移動，光陰也不會因爲執著而停留；執著是一種值得嘉許的美德，但是請不要輕易拿健康做爲祭品。我拿起一把雨傘，換上外出鞋，開門，走下樓，走到他那裡。

他全身濕漉漉像個掉進水裡的北極熊，雨滴從他的眉毛滑落，流到鼻梁，溜滑梯似的經過人中，又沿著雙唇滴到下巴，胸膛，融化在他一身雪白的襯衣。我爲他撐起了傘，大雨敲打著傘頂的帆布發出咚咚響彷若木琴，這是第一次我能夠在雨中聽到音樂聲，在一支雨傘僅能庇護的圓周，屬於我和他的小宇宙。

七、選擇

七之一：他

大雨中，她走到我身邊，開口的第一句話是道選擇題。

——你要上來喝一碗熱雞湯；或是這把傘借給你走回家。

我接過她手中的雨傘，我想這是理所當然的，因爲我比她高很多，她舉著手臂撐傘至我的高度一直這樣抬著會痠會累。關於這項選擇題，我猶豫了幾秒鐘，可能有幾分鐘吧，她也不說話，就這樣盯著我的眼睛瞧，路燈如霜映照著她的雙眼晶瑩，眸子裡滾溜溜轉著珠玉，還好沒有溢出任何的水滴，如果這是眞的，我會跟她說一聲對不起。

我們往她家的方向走，熟悉的動線，嶄新的心情。她示意我將鞋子穿進屋裡再脫掉，我站在玄關裡像個融化的冰。

她遞給我一條大浴巾，帶我走進她父親的臥室裡，一張單人床，一張書桌，整排的書櫃，這間房子到目前爲止讓我印象最深刻的就是到處都是書。她又拿了一件浴袍給我，囑咐我先換下濕衣服，她有烘乾機，先脫水以後烘乾，大概兩個小時之內可以重新穿上乾衣服。

我套上這件米色的棉絨浴袍，有點短，長度只到我的膝蓋，顯然她爸爸並不是很高（如果這件衣服是買給她父親的，我希望如此）。感覺上我有點像星際大戰中的絕地武士，或是一個把黑衣服漂白得不太成功的日本忍者，而且我的濕內褲還穿在裡面，等會兒坐在椅子上吃飯可能會滲透到浴袍再滲透到椅子上出現一個蔭濕的三角形。

她拿著洗衣籃敲房門，要我把濕衣服丟進去，另外給我一個吹風機，說頭髮先吹乾才能吃東西。

「要不然會感冒。」她說，口氣像個小學老師，或母親。

我原本費盡心思梳成的舊式西裝頭不見了，鏡子中的我恢復了應該有的年紀，一頭蓬鬆的亂髮，鬢角依稀生出毛髭，那是上次刮鬍子的時候忘記刮掉的。走出房門，她已經站在門口，平靜地問我：

——你是不是還有一件衣服沒有放進洗衣籃？

剎那間我眞是囧到了十八層地獄。我確實還有一件貼身內褲不敢脫下來，她怎麼會看得這麼清楚？

——要烘乾就一起烘乾吧，如果你覺得不好意思，可以自己拿去脫水，再放進烘乾機。

這種事情我做起來輕而易舉，那是過去三年我天天在家練的基本功，如果她不介意，我還可以自己拿拖把將我進門之後留下的水漬全部擦乾淨。這麼一動念，才發現茶几上竟布滿著薄薄的灰塵，沙發椅上的雜誌亂成一堆，白色的薄紗窗簾近看竟像是煤煙燻過，還有一個馬克杯裡長出淡青色的草。

——這是什麼？

她看了杯子一眼，面無表情的解釋那是綠豆水，把綠豆當作茶葉泡水喝，可以清肺解毒。

——但是我忘記洗杯子，它就變成這樣子，我也不知道該怎麼辦。

馬克杯裡的綠豆芽，讓我一度動念想幫她打掃環境，但是仔細衡量，在烘乾衣服的兩個小時之內，肯定來不及做完所有的家事。而且，我還穿著一件隨時可能脫落的浴袍。

在等待洗衣機脫水的同時，她在廚房裡炒什錦麵疙瘩，說實話我覺得她的身手不夠俐落，我煮水餃都比她看起來更像個專業的大廚。我這麼跟她說的時候，她微微一笑，回答我：「這是我第一次按照食譜做麵疙瘩。」

那天晚上的晚餐到底還吃了些什麼，說實話我完全沒有印象了，只記得每一樣東西都很好吃，只要是從她的手裡遞給我，那怕是紅燒癩蝦蟆都會是一道佳餚。當然我不會在她面前這麼油嘴滑舌，我們跟平常一樣，交換著工作和生活上一些有趣的事。

——喔！你走路要輕一點，樓下住著一個怪阿姨，每次我在家裡拖著滾輪行李箱走路，或是使用吸塵器，阿姨都會上來按門鈴抗議，要我保持安靜。今天說不定已經被發現，我家多了另外兩隻腳在走路。

有次她勤奮打掃家裡，在吸塵器關機的空檔，又聽到樓下開鐵門，腳步匆匆往三樓奔馳的聲音。她直覺到樓下又要來抗議了，這次狠足了心，就是不想理會樓下的鄰居，任憑對方按爆了電鈴都不願意回應。隔天到樓下信箱拿報紙的時候，發現那位怪阿姨已經在一樓不知道張望多久，也許怪阿姨並不是卯足心等候報復，也許就是這麼湊巧，讓她們兩人狹路相逢。怪阿姨說：「妳家昨天晚上宴客，整個晚上都在走來走去走個不停，我按門鈴也不開門，這樣不太有禮貌唷！」

她因為晚睡，臉上的顏面神經還沒有甦醒，假笑也使不上力。本來不想多跟對方解釋什麼，這個問題已經發生超過一百次，永遠都是她在道歉說對不起。那一天，也許因為天氣太好，陽光普照，鳥聲啾啾仿若她的盟友，她突然想開一個靈異的玩笑，冷漠堅定地跟對方說：「不好意思！我今天早上才從美國回來，昨天晚上家裡沒有人。妳看，這會不會在鬧鬼？」

說完，她頭也不回地登梯走上三樓。

記憶是可以被改變的歷史。我這樣告訴她。記憶隨著每個人的想像重新定義。小時候我看我爸爸的手很大，長大以後發現事實上那只是一個正常的男人的手掌，可是我還是記憶著那雙大手，溫暖的手。

有關於鄰居這種怪事，我也有經驗。山上有間雜貨店，就是公車站牌旁，玻璃櫥窗上貼著一堆忠孝標語的老雜貨店，老闆林媽媽幾乎跟著雙溪國小一起看護著山上這群孩子長大，她自己在中央社區也買了好幾間房子，但是她的孩子長大以後不願意繼續住在山上，只好租出去。我有個朋友對山上環境很有興趣，我們就去找林媽媽看房子，沒想到她先是把我朋友的祖宗八代都調查一遍，還沒讓房客親眼看到房子長什麼樣子，未來的房東就要問清楚她現在在哪兒工作？一個月賺多少錢？我朋友說這種房東太恐怖，於是放棄了搬到山上住的念頭。沒想到三天之後，我爸爸突然跟我說：「我們家還算寬敞，如果你有女朋友，可以帶回來，我不會過問你們的生活作息。目前，還是先不要在外面同居吧！」

——他們都不是壞人，只是偶爾會多管閒事！這樣說吧，應該是發揮守望相助的精神。

這是我爲從小生長的地方所做出的定義。中央社區有一千多戶設籍，大約有三、四千人居住，比世界上最小的國家梵諦岡八百個公民人數還要多上四倍，儼然是個城中之城。

我以爲她會追問我，那個想搬來山上住的女生，究竟是不是我的女朋友？然而她靜靜坐在我對面，淺淺地一笑，用湯匙挖了一口冰淇淋，含進嘴巴裡，緩緩蠕動著腮幫子，讓冰淇淋在她的舌間慢慢融化，甜而不語。

她背後的牆壁有著濡濕的痕跡，米白色的牆面滲透著不規矩的深色條形，我現在才發現有些地方已經剝落，就是俗稱的壁癌，這應該是漏水，我提醒她要注意，最好早點修理。

——我同學是水電工第二代，也住在山上，繼承他父親的衣缽。他很會抓漏，動作快價錢又公道。

她點點頭，似乎是默許。

大雨來得急，也去得快，剛才陪伴我們一起吃晚餐的嘩啦雨聲，現在已經轉變爲滴滴答答的節奏，烘乾機轟隆隆的聲音也停止了，只剩下晚風吹過窗前，撩起陣陣寂寞。這時候我才意識到浴袍下面是光溜溜的身體，小腿開始感覺到有點寒意，圓桌用餐只有我一個人穿得像不中不西的武士，沒有盔甲，沒有盾牌也沒有武器，交叉開襟的浴衣我故意包得很緊，連脖子都幾乎全部遮住，我擔心她誤會我有任何不良的動機，即使我已經繳械了，繳械了！

她從烘乾機裡掏出已經乾燥的衣物，交給我，我再度回到那間臥室，安靜地把衣服穿好。剛剛烘乾的衣服有一股曬過太陽的清香，而且質地綿柔，穿在身上非常舒服，雖然我的心隱隱感覺刺痛。

重新恢復正常穿著的狀態，讓我也恢復了某種自以爲是的幽默感吧！我跟她說：「關於房子過戶的事，如果妳想找個人陪妳一起去談，我可以陪妳。我有一件吊嘎無袖背心，大家都說我穿那件吊嘎看起來很像流氓，我可以假裝流氓陪妳去談判，這樣子也許更有影響力。」

她的表情突然變得嚴肅，正色地對我說：「你有打網球的專長，又熱愛那份專長，這世界上沒有幾個人能像你這麼幸運。做你喜歡的事情，人生隨時可以重新開始，不要去演流氓。」

這是今天晚上她除了命令我吹乾頭髮才能吃飯之後，第二次化身成爲會說教的老師。

怎麼會連凶巴巴的時候都這麼可愛！按照常理我被罵了一頓應該感到羞恥，應該不好意思，應該誠心誠意地跟她說對不起，然後再繼續開幾個不好笑的玩笑胡亂把這場尷尬帶過。可是我什麼話都還沒有說出口，心裡頭感覺到的是一股暖流，從心臟附近開始蔓延，蔓延，蔓延到整個人，像是奧林匹亞運動會那把燃燒的火炬，運動員終其一生夢想傳遞的聖火。她如果不在乎我，就不會介意我去演流氓這件事情；她如果不在乎我，我有什麼專長對她來說就跟狗吃屎一樣稀鬆平常。因爲她在乎我，才會鼓勵我人生隨時可以重新開始，不是嗎？

無論她是以一種好朋友的方式，或超越了好朋友的方式來關心我，都讓我感到一百萬分的溫暖。這至少也是個新的開始，在我決定踏入她家的那一刻，我們之間全新的關係已經開始重組。

回家的路上雨停了，除了地上一攤攤的大小不同的水漬，還有樹梢上因風吹落的幾滴殘留的露水，幾乎讓人忘記了剛剛才猛烈來襲的傾盆大雨。我想起小時候陪我母親一起看過的歌舞電影，有個拿雨傘的男主角在雨中歡唱，大雨淋了他一身濕答答，他的表情卻是那麼高興，一會兒跳上路燈桿子，一會兒拿起雨傘當作舞伴，在水氣氤氳的大街上，不顧旁人的開心唱歌。我幾乎要模仿起那部電影的男主角，在無人的街巷中彈跳起舞，我還記得那首曲子，叫作〈Singing in the rain〉，此刻我竟然還能記得旋律，順口哼了幾句，要不是遇到了我的小學同學，我可能眞的會在幽暝的明溪街上獨自翩翩起舞。

——超人，你心情很好喔！

我點頭笑了笑，他是我小學時期最要好的朋友，我在他面前從來都不會隱藏任何眞實的情緒。我這個同學也是個奇葩，他從小就非常節儉，鉛筆已經用到剩下三公分，握都握不緊還是會拿來繼續寫字；每一張廢棄的紙，廣告紙、圖畫紙，他都收集起來，有時摺疊成我也看不懂的藝術造型，送給我當禮物。高中畢業就投入資源回收這一行，剛開始在社區裡收集二手書，後來擴大到回收所有可利用的再生資源。因爲打球的關係，我經常獲贈許多廠商印製的運動衫，有些穿舊了或是沾到不容易清洗的汗垢，甚至有些全新的衣服因爲穿不著都直接送去回收箱，過幾天，就會看到他身上穿著那件球衣，雖然稍嫌緊了一點，不過還是蠻好看的。

——孫伯伯的身體愈來愈好了。今天他扛了一台電視機給我回收，說要換一台新的液晶電視，四十六吋。你們家是住了幾個人？電視機要看這麼大。

今晚我心不在焉地出門，壓根兒沒發現客廳裡已經沒有電視機。而且我的老爸竟然可以自己把電視機搬出去，這簡直是一個奇蹟。這一陣子我究竟是怎麼了？竟然疏忽到讓父親獨自處理這些事情。

——超人，你家那台電視機雖然很舊，但還是正常的，剛好我外甥到台北念大學，我就送給他們囉！

沒關係！我跟同學說他想怎麼處理就怎麼處理，我父親會這麼決定一定有他的原因，就按照老人家的想法去做吧。

他跟我笑笑，揮揮手，繼續在巷子口忙著整理他的回收物。夜深了，我也要回家養精蓄銳準備明天的工作。

——同學！其實我眞懷念你打球的樣子。

我問他幹嘛這樣講，是不是因爲很久都沒有穿到我的「新衣服」？

——見鬼咧，你以前那些衣服多到我十年都穿不完。我是說，你他媽的打球的時候眞帥，是我這輩子看過最帥的男人。怎麼樣，跟我打包這些紙箱的時候一樣帥吧！

我走過去敲他的的頭，兩個人勾肩搭胸扭在一起，當過兵的人都知道，這是兄弟的姿勢。

他要我趕緊回家陪父親，一個人出來散步這麼久，小心遇到女鬼。我心裡面在偷笑，我是遇到了女鬼，而且剛剛才跟她共享一頓沒有燭光的晚餐，她是全世界最美麗的女鬼，那種經常在公車上睡著還會把假睫毛黏到嘴唇上方的女鬼。

回到家的時候父親還沒睡，他坐在電腦螢幕前面，到處瀏覽購物網頁，順便問我，要買哪一個牌子的液晶電視比較好？他說現在網路購物很方便，只要事先研究好，決定買哪一個廠牌，看到價錢合理的拍賣網，下了訂單都可以直接送到家裡，非常方便。

我知道父親退休之後偶爾會使用電腦，但是沒想到他比我還跟得上時代潮流，竟然已經進步到會使用購物網站。

——孩子，下次教我怎麼用Skype，也許我可以跟你加拿大的姑姑講話，不用花電話費。

父親說完，逕自將電腦關機，伸伸懶腰，說要進房間睡覺了。他的動作還是遲緩了些，走路時重心依舊放在左腿，有點一拐一拐的，但是今天的步伐，爲何讓我感覺到異常的輕快？那些沉重的惆悵的憂鬱的說不出口的種種，彷彿鎖在老舊的映像管電視機盒子裡，被他一起丟出去了。

臨進房門前，父親回過頭來，跟我說：「孩子，爸爸今天把舊電視機扔了，想買一台新的，我想哪天，也許，你會帶朋友來家裡看電視，螢幕大一點比較好。上次看澳網總決賽的時候，有好幾個球的落點，你都要貼過去才看得清楚。有個大電視，你可以看得更清楚，說不定也想得更清楚。」

這是我父親，他眞正想說的話其實也沒有表達得很「清楚」，但是我就是聽得懂他的意思。

父親的意思就像今天晚上她跟我說得一樣：「做你喜歡的事情，人生隨時可以重新開始。」

原來是這樣啊！

處處都是選擇題。

而我最終必須要做出選擇。

七之二：她

——下過雨之後，鳥叫的聲音會特別好聽。

今晨醒來，我特別仔細聆聽窗外宛轉的衆鳥和鳴，嫋嫋玲瓏。先是莫札特的小夜曲四重奏，各種弦音交織融合，從澎湃到輕柔，小提琴悠揚若凌波微步的女高音，在溫厚的中大提琴樂聲中翩然而出，在和諧中轉盼流精。鳥兒來自四面八方，引吭會衆，此起彼落，陽光點點滴滴，穿越葉尖模擬宙斯的鐵琴，叮叮踪踪加入琴瑟奏鳴，繽紛擬態瑰姿豔逸，如笛如夢的啁啾鳥語，滑翼舒坦化身春風降臨藍色多瑙河，關關唧唧吟詠誘引群鳥共襄盛舉，態勢礫礫磅礴，大自然的五線譜，鳥喙不識豆芽菜，牠們用生命演奏華麗天籟。在一個大雨過後的清晨，太陽與鳥從不吝嗇，在我小小的窗前舉辦維也納新年音樂會，新曆尹始，最後都會演奏的勵志圓舞曲，那是一八六六年小約翰史特勞斯在戰後為振奮人心所創作的經典與故事。

他說：下過雨之後，鳥叫的聲音特別好聽。

他是我回到「家鄉」之後的第一個朋友，跟所有近鄉情怯的描寫一樣，這麼近又這麼遠。

他主動陪我去找房子的主人溝通，事先把所有該塡寫的文件都準備齊全，坐在那兒端莊仔細地向屋主動之以情，說之以理。這一次，長輩沒有繼續哭訴他的兒子多麼不孝，他自己又是多麼命苦，將近九十歲的老臉上盡是風霜，他看遍人生的風景，屬於上一個年代的動盪不安已經過去，爲著五斗米，大部分的人必須哈腰屈膝；爲了活下去，馴鴿也會變成梟鷹。這世界上沒有眞正的壞人，他們只是常常被迫選擇，榮辱與毀譽，溫飽與利益，如果這裡面還有一絲空間留給良心，人之將死，這會是最後一道選擇題。

入冬之後，山上經常細雨霏霏，絨絨雨絲，彷彿有說不完的祕密，漂流在東北季風的航道上，撲面而來，想躲都不容易。

母親突然打電話說要來山上看我，這個建議讓我有點訝異，她以前都會跟我約在市區的咖啡館，特別是電視新聞報導過的明星或企業家夫人最愛去的時尚餐廳。剛開始她還會稍做解釋，因爲難得來台北，總想去體驗一下台北都會的繁華與風潮，她甚至還要我介紹她哪些有趣的場合，比方說可以見到林志玲或是郭台銘的年輕太太常去喝下午茶的地方。母親以爲空姐跟貴婦生活非常接近，都是高䠷美麗又能夠經常與富二代約會的族群，直到我帶她去的地方她都嫌低級之後，才漸漸了解我不是她所想像的摩登空姐，我是一個腦袋空空的空姐，那種兩片土司麵包就可以果腹的土包子。

我跟媽媽約會的時候，只會穿白色T恤牛仔褲外面罩一件黑色西裝外套，這是我最跟得上時代潮流的穿著，從我念大學的時候就開始這樣穿，簡單也不會褪流行，整整齊齊，規規矩矩，我不會在衣著上花太多腦筋變化，曾經有一次爲了配合母親的品味與格調，我特別穿上一件在美國聖誕節清倉大拍賣時買來的黑色羊毛大衣，至少在陪伴她走進高級餐廳的時候，我可以因爲這件舶來品暫時感覺神氣。沒想到她一見到我，先是皺了眉頭，接著直接問我：「妳幹嘛穿妳爸爸的衣服出來？」

因爲年終大減價，尺寸不齊，這件大衣確實比我的身材要大了幾號，不過我想，冬天會穿比較多的衣服，外套大一點沒關係，只要不冷就可以。

她把我帶進一間精品服飾店，爲我選了一件毛茸茸的外套，通體銀灰色的兔毛皮草，我穿上之後彷彿瞬間聽懂兔子語，在耳邊不斷呢喃：「爲什麼要殺我？」而感到一陣毛骨悚然。可我母親卻開心極了，她覺得這片恍若月光般的色澤是皮草中的極品，再加上剛剛過完年，店家慷慨地給出極低的折扣，讓她賓至如歸，而毫不猶豫的買下。

——這才叫作穿衣服。

她從頭到腳瀏覽著我的全身，像是欣賞她的新寵物，滿意地不斷點頭微笑。

我穿著這件兔毛皮草，在空調攝氏二十七度的餐廳裡也不敢脫下來，深怕露出裡面的廉價襯衫，又讓她不悅質疑我穿了爸爸的舊衣服出來。肋眼牛排在我的面前滴汁，融化的草莓冰淇淋像是躍躍欲試的噴漆，端著熱咖啡杯的我手指頭竟微微顫抖，就是怕一個不小心，把這件昂貴的大衣烙上了保護動物協會的激烈印記。

回家的時候她都會塞錢給我坐計程車，可是每一次我都省下來去搭公車，反正時間還早，況且用餐後的步行運動也有助健康。然而那一次她執意要爲我攔計程車，她說：「不要讓新衣服淋到雨。」

這次她說要來山上看我，卻早已忘記我們住在哪一棟。我在雙溪國小門口等她，計程車經過的時候她跟我揮手，示意我坐進去。

——這裡變了很多。

我點點頭。母親也變了很多，她胖了些，應該說是豐腴吧，很適合她這個年紀的貴氣，而且氣色很好，穿著打扮愈來愈講究的她，舉手投足就像是飛機上坐商務艙的客人，讓我一時之間不知道該如何開口與她對話。

——那個外雙溪橋，也重建了，以前沒有那麼寬。

她跟我走進屋裡，東瞧瞧，西看看，雙手交叉在胸前，彷彿專業的室內設計師在評估著這間房子的格局，是不是哪些地方該打掉摧毀，哪些地方該重新裝潢。

——這間房子沒什麼變，幾乎跟從前一模一樣，連書櫃都是在同樣的地方。

母親接過我雙手奉上的熱開水，我略感歉意的跟她解釋家裡沒有果汁汽水，如果想喝茶或咖啡我可以現在去沖泡。她說不要麻煩了，過一會兒她就要走了。

我們坐在沙發上，各自握著手中的馬克杯，冒著蒸氣的熱開水，逐漸降溫，在冷卻的過程裡，母親和我緩慢地聊著。大部分的時間都是她在發問，包括工作近況，房子的產權，貸款還欠多少，感情有沒有著落。我像個塡充題回答機，按照順序回應著她所有的問題，每個提問回應的長度都剛剛好，像是考試前認眞準備功課的好學生，流暢地以語言書寫完美的標準答案。

——我們準備移民美國了。

獨獨這一題從來沒有出現在考古題的題庫中，我愣了一下，無法立即應答。母親口中的「我們」應該沒有包括我，她指的是她和繼父，以及他們後來生的三個小孩。

——妳有好幾個月沒回來看阿公阿嬤，快過年了，今年回家吃年夜飯吧！

我看著窗外，現在雖然是中午，卻因爲冬季而陰濛濛的天空，讓鳥兒也沒心情唱歌。如果有一些鳥叫，我或者會感覺到盟友，讓我增具堅強，至少借著鳥聲啁啾可以襯托著我應該學會撒嬌或者說些貼心的話，像是「媽媽我好愛妳，今年我一定回外婆家吃年夜飯，不會辜負妳的愛心」之類的甜言蜜語。

可是窗外只有蟋蟀揪溜！揪溜！揪溜！漫長而無止盡的重複同樣的韻律，像個逃家的小孩躲在深山裡吹口哨，隱身於綠蔭叢林中卻發出清揚聲響，這倒底是想回家還是不回家……。

手中馬克杯裡的熱開水，我一口也沒來得及喝，已經全部涼了。

——房子的事情解決了，我很爲妳高興，拖了這麼多年，他們總算還出一個公道。這樣子我到了美國，也可以比較放心。不過妳從來不需要我操心，不像妳妹妹，只會跟我要錢。

母親說完之後，又是一陣靜默。她今天穿著一套斜紋軟呢針織套裝，菱格圖案很明顯的出自於巴黎時裝界女王的設計，她是如此優雅，擺設在我家陳舊毫無裝飾的客廳裡，悄然彩繪出混搭的畫風。我的視線越過她的肩膀，望向她背後的書櫃，一整排各種不同版本的《中國思想史》、《西洋哲學史》，封面與設計都樸實，只有在打開書本時釋放魅力，文字不穿衣服，明心見性，那是一輩子在國家圖書館工作的父親，留給我的財富。

我要嫁給圖書館
日期暫訂在冬至
永夜的北極圈有
消失的冰帽
北極熊乖乖
明天就要睡水床
不冬眠也要有夢境
冰川浮印在扉頁裡
打開聽故事
從前從前有一隻北極熊
她要嫁給圖書館
溫室剝光了她的皮毛
還有文字
編衣裳

——妳在想什麼？

母親突然開口問我，不知何時她已經起身，拎著皮包，站立在客廳的門口。

——我跟妳講話都沒聽見，我說妳還是要趕快找一個人嫁掉，要不然這樣子下去怪怪的。

我順從地點點頭，心裡頭有個小小的聲音催促我應該跟她再多說些什麼，她是生我的母親，我曾經在她的子宮裡居住七個月。爲什麼是七個月？父親說我是早產兒，新生兒之中平均發生機率百分之七到十一；母親則抱怨我跟她沒有緣，讓她連嬰兒床都還來不及挑選好，我就不想繼續待在她肚子裡。

要說些什麼呢，從受精卵時期就緘默的我，現在編故事還來得及嗎？

黃色計程車已經在樓下等候。母親的高跟鞋聲在樓梯間蹬蹬迴響著，緊緊扣著一階一階向下的樓梯，與身影同時漸漸遠離。我陪她站在門口，僵持了一整天的鬱翳烏雲，終於下起了雨，水珠沿著屋簷滴落，從石子地上反彈起，沾惹到她的麂皮高跟鞋，暈染一圈又一圈由淺到深擴大的圓，在人造精品中複製漣漪，瀰漫在她的腳底，而她就要離去，無視於漣漪方興。

——我去拿把傘給您。

母親揮手拒絕我的好意，她說她很迷信，這個時候拿傘給她，我們會一輩子都散掉。

——記得回台南吃年夜飯。

這是她最後的叮嚀。說完之後，冒雨衝向計程車，司機善意地爲她先將門打開，我看到她上車後頻頻拂拭身上的雨滴，側身傾往駕駛座蠕動著嘴唇似乎在交代她要去的地方，我聽不到她的語言，正如同我永遠也不會知道她接下來要去的地方是哪裡。她不說，我也不會問，撒嬌的本領之一就是糾纏與興問，天眞可愛的裝扮無知，因爲無知而無辜，窮追猛打的辭庫反而呈現愛的格局，如此入世，如此媚惑，如此展演在我的世界之外，平行而沒有交集。

有時候我會羡慕計程車司機，他們在短暫的車程中與母親溝通的言語，字數的總和經常超過我與母親的一頓晚宴。有時候我也渴望與母親分享祕密，但是我知道她的答案會是同樣的公式，我應該趁著年輕貌美時爲自己找個金龜婿，一輩子不愁吃穿甚至可以錦衣玉食。

其實我只要有燕麥片就可以活下去。

就這樣活著，有沒有人陪都沒關係，我在書櫃裡想要找一本書安慰自己，腦海裡卻盡是浮現他的身影，他的話語。

——下過雨之後，鳥叫的聲音特別好聽。

他沒有扮演流氓陪我去談判，還是原來那個乾乾淨淨的樣子，只是從我們剛認識時經常穿著的短袖Polo衫，換成了長袖襯衫，燈心絨西裝外套，咖啡色卡其長褲，我倒是第一次看到他穿皮鞋，雖然剛剛在階梯式公寓之間尋找長輩的住處時，沾到了路邊很多青草，但是看得出來是特別擦過的皮鞋，鞋油的光脂還在發亮。我忍不住問他，等一下是不是要去相親啊？他摸摸後腦勺，回答我：「既然決定不用流氓的架勢來威嚇別人，我至少也要穿得像個律師或保鑣，用正義感來屈服別人。」

只要再加上一條領帶，身材高大的他看起來確實會像個華爾街的律師，像電視影集裡有一點怪僻卻專業得無懈可擊，瀟灑不羈又帶著一點風流的律師。他聽我這樣敘述狂笑不已，我覺得他笑得太誇張，忍不住問他：「你不要告訴我除了與外文系擦肩而過，你還差一點去念法律系。」

——我喜歡看法律電影，但是沒有想過念法律系。為了打球，我最後選擇體育。

——對了，你忘在我爸爸房間裡的那顆網球，是怎麼回事？

他問我有沒有看到上面的簽名？我說我沒看到網球上有寫字，就算有，也已經被雨水浸透而模糊了，印象中好像是有一些髒髒的痕跡，如果那曾經是簽名，又是誰的名字呢？

他笑而不語，只回答我：「妳如果願意留著，就送給妳！那是我參加法網公開賽時打過的球，在紅土球場，那個痕跡，可能是法國的土吧。」

法國的土太遙遠，我還是比較喜歡在自己的家鄉踏青。

我們漫步在中社路上，漸漸能夠分辨雲雀和白耳畫眉的宛轉鶯語，原來那個常常在森林裡面咕嚕咕嚕五秒一拍的叫聲來自五色鳥。老榕樹垂氣根於地面，山櫻花含苞待放，野生梧桐葉密覆天，苦楝樹的橙黃果子偶見搖曳。就這樣走著，也不問要走到哪兒，或是走到何時，冬天的風吹拂臉龐，因爲有陽光，蕭瑟掠面也不刺骨，他在我身邊，散發溫度，暖暖地，流過心田。

入冬之後，山靄經常迷離，雙溪水量徐徐而緩慢，像個禪定的老者，行使生命中最後的布施。在中社路的起點或盡頭，是外雙溪橋，越過這座橋，便是至善路，昂揚於沿途的高級別墅，直抵故宮博物院，也離開了中央社區。

行走到橋中間，我們很有默契地暫停腳步，地稠線天的交界，只餘腳底下的潺潺溪水流過，毫不猶豫地沖刷記憶，周而復始，撿回來的想念是稀釋之後的麥芽威士忌，僅存淡淡的植物香，再撿回來一次又再稀釋，至全然遺忘爲止，酒已經不是酒，愁也已經不是愁。

「密涅瓦的貓頭鷹只在黃昏時展翅高飛。」

——妳說什麼?這是在召喚黑格爾嗎?

我抬頭直直盯著他的眼睛，這一刻我終於恍然大悟，他是認眞的。從Superego開始，他處心積慮找尋相同的話題。他什麼時候去看了這麼多哲學理論？就連密涅瓦的貓頭鷹都認識。

——這個報紙上有寫，我每天在家都會看報紙。

不要再這樣對我！我是個習慣在雨中孤獨撐傘的人，他翩然躍進我身邊的空位，彌補了那份缺憾，傳送片刻微熱的體溫，我們只是結伴走這一段路，之後呢？

——有時候，爲了喜歡的人，喜歡的事，我願意改變自己。

倚在橋間欄杆，他的眼睛凝重遠望幽幽深谷，語氣堅定如對山盟誓，力道穿透縹緲嵐霧，雨過天青雲破處。

他突然靈巧轉身，背靠外雙溪，恢復了往昔神采奕奕的表情，說：「除夕夜，到我家一起來包水餃好嗎？」

那是全家團圓的時刻，圍爐守歲，迎新送舊，祈願家和萬事興，將希望寄託在下一個曆年。除夕夜，是一年一度，寂靜如拼圖也要努力圓滿的時候。

——妳看我的手，我可以包超級大的餃子。

他問我會不會包餃子？接著很自然的把我的手拉過去檢查，低聲呢喃像是自言自語：「妳的手這麼小，包出來的餃子大概會像個餛飩。」

說完，他再也不放開我的手。

他的手厚實而溫暖，指間有一點點小繭，淺淺刻畫著生命的路線，我在他的掌紋間遊走，貼近他跳動的脈搏，活著，不只是一種恩惠，也是幸福。

——我陪你走完這一段路。

「好！」他慧黠地回應。

可是他動也不動，靜靜握住我的手，微笑凝視我的雙眸，手牽著手，雙人成影，佇立在橋上，哪兒也去不了，哪兒也不想去。

此刻即是永遠。

——中央社區為什麼叫做中央社區？

——因為宛在水中央。

——是湯碗還是飯碗？

——是立陶宛。

她又用她的大眼睛瞪我，黑色瞳孔裊娜在我的眼前，她每看我一次，更讓我確定一次做為人的勇氣。

——立陶宛是世界上最會打籃球的國家之一。

她笑了，那種毫無掩飾屬於孩童的天真與信仰，會讓一個運動選手的意志復活，拚了命也要為她贏得一場勝利，與她分享親吻獎盃的榮耀。

——我看妳適不適合打籃球？

捧起她的手細看，才發現這是一雙纖細卻勞碌的手，手背上的青筋突起是她營養不良的證明，指掌間隱約感覺到粗糙的表皮，處處惹人心疼。我覆蓋住她的，以一個手掌的面積，誠願為她建造肉身保壘。

雙溪之水百年漫游，滔滔沖逝過往，我們從遙遠的地方來，奔流於人世，也將回到遙遠之地。我是個小人物，鴻飛泥爪一切都不復記憶，我只知道，如果有一天，中央社區不再叫做中央社區，外雙溪不再叫做外雙溪，唯有一件事永遠緊緊相隨，綁住我的心。

我不會再放掉她的手。

文學叢書 384

中央社區

作　　者　朱國珍
總 編 輯　初安民
責任編輯　孫家琦　陳健瑜
美術編輯　林麗華
校　　對　孫家琦　陳健瑜　朱國珍

發 行 人　張書銘
出　　版　INK印刻文學生活雜誌出版有限公司
新北市中和區建一路249號8樓
電話：02-22281626
傳眞：02-22281598
e-mail：ink.book@msa.hinet.net

網　　址　舒讀網http：//www.sudu.cc
法律顧問　漢廷法律事務所師
劉大正律師
總 代 理　成陽出版股份有限公司
電話：03-3589000（代表號）
傳眞：03-3556521
郵政劃撥　19000691 成陽出版股份有限公司
印　　刷　海王印刷事業股份有限公司

港澳總經銷　泛華發行代理有限公司
地　　址　香港筲箕灣東旺道3號星島新聞集團大廈3樓
電　　話　(852) 2798 2220
傳　　眞　(852) 2796 5471
網　　址　www.gccd.com.hk

出版日期　2014年1月　初版
ISBN　978-986-5823-60-3

定　價　260元

國家圖書館出版品預行編目資料

中央社區／朱國珍 著；
--初版，--新北市：INK印刻文學，
2014.01　面；　公分（文學叢書；384）
ISBN　978-986-5823-60-3（平裝）

857.7　　102025225